내가 좋아하는 것들, 숲

내가 좋아하는 것들, 숲

조혜진 지음

스토리닷

내 마음이 따뜻해지는 곳이 있다.

27쪽

여름새 꾀꼬리 한 쌍을 만났을 때 내 사랑은 더욱 강렬해졌다.

28쪽

"오늘 당신의 마음 날씨는 어떤가요?"
47쪽

자연은 우리에게 참 많은 이야기를 한다.

63쪽

잠시 내 마음의 소리를 끄고 들어보면 되는 일.
82쪽

더 많은 아이가 흙을 더 가까이했으면 좋겠다.

89쪽

늦가을 동네 숲에서 감나무를 만나면 마음이 홍시처럼 말랑거린다.

111쪽

비 온 뒤 여름 숲은 온통 버섯 세상이다.

115쪽

돌이켜보면 나도 돌멩이랑 노는 걸 좋아했던 것 같다.
121쪽

박새는 짝을 찾느라 바쁘고, 우리는 숲을 누비느라 바쁘다.

128쪽

그 길로 향할 때면 흔들리고 복잡한 마음을 내려놓게 된다.

174쪽

바람결에 흔들리는 나무에 내 숨결도 일렁였다.

185쪽

2장 반짝반짝 빛나는 숲

3장 차곡차곡 그리는 숲

들어서며

가까운 숲, 가까운 사람들의 이야기

처음 숲책을 써 보라는 제안을 받았을 때 많이 망설였다. 뛰어난 글재주도 없거니와 숲 이야기를 펼쳐낸다는 게 아직 준비가 안 된 것 같아 계속 머뭇거렸다. 숲 깊은 데를 이야기할 재간은 없고, 이미 나보다 더 오래 숲을 보고 그 안에서 멋진 활동을 펼치는 분들이 쓴 에세이가 책 날개를 달고 세상을 누비고 있으니 말이다. 어디서부터 어떤 이야기를 꺼내 써야 글로 내 마음을 잘 전할 수 있을까 고민이 되었다. 생각을 덜어내고 덜어내 지금 내가 좋아하고 있는 일과 삶에 관해 써 보기로 했다. 숲을, 생명을, 삶을 사랑하고 살아가는 이야기들.

아이들이랑 어른이랑 함께 숲에 든 지 8년이 되어간다. 그동안 만난 사람들과 숲에 사는 생명 하나하나 세세하게 기억할 수 없어도, 햇살과 바람맞고, 비에 젖고, 흙 만지고, 나뭇잎과 꽃잎에 파묻혀 함께 거닐 수 있어서 행복했다.

울퉁불퉁한 숲길을 걷기도 힘든 세 살배기 아이가 바닥에 엎드려 작은 풀꽃 하나 만나고, 몸이 불편하고 마음이 아픈 아이가 붉은 나뭇잎 하나에 환한 미소를 짓고, 오랜만에 숲으로 온 엄마가 아이와 손잡고 콧노래를 불렀다. 숲에서 신난 아이들은 제 마음을 담은 작은 나뭇가지를 두 갈래로 나뉜 나무줄기 사이로 던지며 소원을 빌었다.

모두 다 숲이었다. 숲이 가져다준 행복이었다.

8년이라는 세월의 절반은 책방 〈나무곁에 서서〉를 꾸리면서 만난 사람들과 숲 이야기로 가득하다. 이 책은 대부분 내가 사는 삶터 가까운 숲, 가까운 사람들의 이야기를 담고 있다. 비록 작은 동네 숲이지만 그 안에 살아가는 수많은 생명과 그것을 바라보는 사람들의 마음은 여느 숲이랑 다르지 않다고 여겼다. 또 책을 쓰는 동안에도 내 삶에서 소중한 인연들이 계속 이어지고 있음을 깨달았다.

숲, 꿈, 숨, 책, 결, 돌, 흙, 비, 밤, 새, 달, 빛, 물⋯⋯. 내가 좋아하는 것들을 적어 내려가다 보니 신기하게도 한 글자인 것이 많았다. 글자를 더 모아서 그 안에 지금껏 숲 해설가로, 책방지기로 살아가는 소소한 이야기를 담았다. 당신의 숲도 궁금해, 언젠가 우리 서로 마주할 기회가 있다면 함께 '나누고 싶은 이야기'도 살포시 건넸다. 미처 담지 못한 한 글자도 있다. 딸. 두 딸을 키우는 엄마로 살아가는 이야기를 쓰려다 마음이 아려와 멈췄다. 지금은 곁에 없지만 늘 나에게 포근한 숲이었던 엄마에게 감사함을 전하고 싶다. 무엇보다도 이 책이 세상에 나올 수 있도록 나무처럼 묵묵히 곁을 지켜준 하나뿐인 곁님과 가족들에게도 깊은 고마움을 전한다.

숲 공부할 때 사람들 앞에서 처음으로 풀어놓았던 시연나무가 생각난다. '느티나무 꽃을 본 적 있나요?'라는 첫 문장을 띄우며 나무 이야기를 건넸다. 동네 가로수로 흔히 볼 수 있는 느티나무지만, 어린잎이 나고서 피는 꽃과 이후에 영그는 열매는 눈에 잘 띄지 않는다. 하지만 조금만 관심을 가지고 바라본다면 작고 화려하지 않은 꽃도, 큰 꿈을 품고 있는 열매 모습도 알아볼 수 있다. 오는 5월 우연이라도 느티나무의 작은 꽃들을 마주한다면 어느 가을날 작은 잎 날개 삼아 바람 타고 날아갈 느티나무 씨앗을 상상해 보면 좋겠다. 그렇게 바라봐 주면 좋겠다.

1장

가
만
가
만

걷
는

숲

품

머물고 싶은 동네 숲

내가 사는 동네 가까이에 숲이 있다는 것은 정말 고마운 일이다. 큰길을 건너야 하지만 15분 정도만 걸어가면 한강을 따라 낮게 솟은 동네 뒷산, 궁산(宮山)을 오를 수 있다. 궁산을 거닐며 숲에 사는 생명을 만난 지 벌써 10년이 넘었다. 큰아이 유치원 다닐 때부터였으니, 그동안 그곳에서 만들어진 이야기가 많이 쌓였다. 해마다 아니 사계절마다 아니 날마다 새로운 모습을 보여주는 동네 숲이 있어 참 좋다.

궁산에는 수백 그루의 나무가 함께 어우러져 숲을 이루고 있다. 그 안에는 수많은 생명이 깃들어 살고 있다. 자주 만나고 그들이 건네는 이야기에 귀 기울이다 보니 어느새 궁산은 다른 어떤 숲보다 더 편안하고 포근하다.

내 마음이 따뜻해지는 곳이 있다. 단풍나무 오솔길을 아무 말도 하지 않고 가만히 걷는다. "쯔윗~ 쯔윗~ 쯔위잇 쯔~." 박새 소리가 들리면 숲으로 들어온 나는 초대장을 받은 기분이다. 초록별이 쏟아지는 것 같은 단풍나무 잎들과 그 사이로 내리는 햇살, 그리고 명랑한 새소리. 단번에 숲 한가운데로 들어간다.

이른 봄 때죽나무 연노랑 새순은 봄의 시작을 알리는 등불처럼 궁산 곳곳에서 돋아난다. 때를 잘 맞춰 간다면 새잎이 '뾰롱뾰롱' 올라온 진풍경을 두 눈에 직접 담아볼 수 있다. 5월 즈음 종처럼 생긴 때죽나무 하얀 꽃들이 흐드러지게 피고, 은은한 향기가 주변을 가득 채운다. 땅 아래로 떨어진 꽃들이 만든 길은 그야말로 꽃길. 꽃이 진 자리에는 뾰송뾰송한 열매가 영그는데 이 열매 씨앗을 좋아하는 곤줄박이는 10월 때죽나무를 즐겨 찾는다. 새를 좋아하는 나는 곤줄박이를 보려고 그곳에서 한참 머문다. '고소하니 맛있니? 껍질인 단단할 텐데, 부리로 콕콕 찍어 잘도 빼 먹는구나.'

은사시나무만 보면 웃음이 난다. 군락을 이루는 오솔길을 걸을 때마다 내 감각을 하나씩 깨운다. "히요히요~ 히히오 후히오~." 나무 우듬지에서 여름새 꾀꼬리 한 쌍을 만났을 때 내 사랑은 더욱 강렬해졌다. 회색빛 나무껍질에 다이아몬드 문양이 박혀 있는 은사시나무는 잎자루가 긴 둥근 세모꼴 나뭇잎이 바람에 나부끼면서 '챠르르~ 챠르르' 기분 좋은 소리를 낸다. 잎의 색도 아름답다. 앞면과 달리 뒷면에는 털이 있어 은빛을 가졌다. 단풍이 들면 노랗게 물들고, 낙엽은 차츰 검게 변하는데 가을비라도 내리면 은사시나무 잎이 내뿜는 짙은 향기가 상쾌함을 더해준다. 겨울에 바싹 마른 낙엽을 움켜쥐면 '바사삭' 소리가 참 맛있다. 나에게 은사시나무는 궁산 보물 중 보물이다.

가장 좋아하고 오래 머무는 곳이 있다. 그곳에 나무가 쓰러져 밑동만 남겨진 지는 꽤 오래된 듯하다. 한 나무가 자연으로 돌아가는 과정을 몇 년을 걸쳐 느린 시간으로 지켜보고 있다. 밑동 틈 사이로 삭을 단 이끼와 버섯, 지의류 같은 작은 것들이 산다. 융단을 깔아 놓은 듯한 이끼무리를 손바닥으로 살살 쓸어 어루만지면 마음이 포근해진다. 6월에서 9월 사이에 이곳은 장맛비 물기를 머금고 선명한 초록빛 세상으로 빛난다. 그 앞에 서면 내 세상도 빛난다.

겨울이 되면 다른 계절엔 보이지 않던 나무 본래 모습이 더 잘 보인다. 나무껍질에 하얀 칠을 한 것 같이 얼룩이 있는 물푸레나무가 하늘을 향해 높이 뻗어있다. 1미터 간격으로 빼곡히 심어진 물푸레나무는 잎을 다 떨어뜨리고 가지런한 나무줄기로 하늘에 선을 그린다. 가슴이 뻥 뚫리는 듯한 기분을 느낀다. 물푸레나무 숲은 아이들과의 추억으로 가득하다. 숲에 떨어져 있는 나뭇가지를 세우고 엮어 함께 인디언 티피 모양 집을 만들면 누구나 할 것 없이 그 안으로 들어가 앉아본다. 놀이보자기를 나뭇가지 위로 두르면 더욱 아늑하다. 어떤 아이는 숲에서 찾은 보물을 안쪽에 살포시 넣어두기도 하고, 어떤 아이는 떨어진 나뭇잎을 나뭇가지에 꽂아 숲속 작은 기지로 꾸민다. 우리는 행복감에 젖어 이 기지가 그대로 있길 바란다. 나무에 둥지를 짓고 살아가는 숲속 생명처럼. 하지만 시간이 지나면 비가 내리거나 바람이 불면서 나뭇가지 집 한쪽이 무너져 버리고 만다. 무너진 집을 보며 속상해하는 것도 잠시뿐. '더 튼튼하게 지어야지'라는 생각이 들어 다른 나뭇가지를 가져와 정성스레 고친다. 마음을 다해 만든 숲속 기지는 포근한 쉼터가 된다. 숲속에 우리만의 공간이 생겨서일까. 따스한 엄마 품같은 잠시 쉬었다 가도 좋은 우리 동네 숲.

[나누고 싶은 이야기]

지금 사는 곳 가까이에 숲이 있나요? 도시숲, 마을숲, 공원, 뒷산, 앞산 어디라도 좋아요. 그곳에서 가장 좋아하는 장소가 있다면 어떤 곳인가요?

나

그루터기를 만나면

몇 년 전 동네 숲에서 새로운 그루터기를 만난 적이 있다. 어쩌다 맨살이 훤히 보이도록 단면으로 잘려나간 건지 중심부에서부터 나이테를 세어보니 나무 나이가 20년은 더 되어 보였다. '00 고성지 주변 정비 공사'라는 현수막이 걸려 있는데, 아차 싶었다. 이 전에는 덤불 때문에 가까이에서 볼 수 없었던 나무였다. 키 큰 나무는 사라지고 덩그러니 밑동만 남으니 그 낯선 모습이 더 눈에 띈 것이다. 나무가 잘린 모습에 내가 상처가 난 듯 아팠고, 나무에 깃들여 살던 다른 생명에게 너무 미안했다. 그 후로 숲에서 그루터기를 만나면 지나치지 않고 조금 더 살펴보게 된다. 어떤 이유로 밑동만 남았는지, 원래 모습은 어땠고 지금 모습은 어떤지 한참을 들여다본다.

잣나무가 빽빽하게 심겨 있는 숲길 한가운데서 마주친 작은 그루터기는 모퉁이에서 사슴뿔 같은 나무뿌리만 드러내고 있었다. 사람들이 지나는 길에 방해가 된다고 민원이 들어왔나 보다. '아니, 나무가 서 있던 자리에 길을 낸 거 아닌가.' 나무뿌리를 마주하며 무거워진 마음은 잠시 뒤로하고 그루터기에 성큼 발을 내디뎠다. 땅에서 20~30센티미터 정도 떨어진 것 같은데 올라오니 또 다른 세상이다. 눈을 감은 채 나무처럼 움직여 보았다.

이 나무가 베이지 않고 그 자리에서 있는 그대로 있었다면 어땠을까. 때가 되면 어김없이 꽃을 피우고 작은 새들에게 가지 한쪽을 내어주거나 곤충들이 몸을 숨길 수 있게 껍질 한편을 내어줄 텐데. 이렇게 가지를 뻗었다면 나뭇잎이 햇빛을 더 많이 받았을 텐데. 그러면서 천천히 팔꿈치를 아래쪽으로 구부렸다가 펼쳤다. 마치 나무가 햇빛을 찾아 조금씩 그쪽으로 향하는 것처럼.

숲에 든 아이들과 함께 온몸으로 나무를 표현해 보았다. 한 사람이 그루터기 가운데 서서 나무의 튼튼한 속심이 되고, 두 사람이 나무 속심을 둘러싸고 나무 테두리를 만들었다. 얼굴을 가운데로 향하고 서로 손을 잡으니, 나무줄기가 된다. 팔을 위로 뻗으며 나뭇잎도 만든다.

"여기 또 다른 두 사람은 얼굴을 바깥으로 향해봐. 너희들은 나무껍질이 되었네." 나무껍질이 된 아이 둘은 표정부터 비장하게 하고는 안에 있는 속심과 줄기를 든든히 지켜준다.

바닥에 앉아 팔과 다리로 뿌리를 만든 아이들은 "쑤욱"이라는 소리를 내며 땅에서 물을 끌어 올려서 나뭇잎에 전달한다. 나뭇잎들은 손바닥을 펼쳐 햇빛을 받고 영양분을 만들어 다시 뿌리 쪽으로 내려보낸다. 서로 협력하며 나무 한 그루를 표현한 아이들에게 "여기 너희가 만든 나무는 아주 건강해 보인다. 이곳에서 뿌리내리고 오래오래 살았으면 좋겠다." 하니 뿌듯한 마음이 드는지 자꾸 주변에 나무를 어루만진다.

나무를 몸으로 표현하는 것, 조금 엉뚱해 보여도 어른이든 아이든 숲을 만날 때 한 번씩 해보는 활동이다. 팔과 다리, 머리와 손을 움직여 내가 만든 몸짓으로 다른 존재가 되어본다. '나'라는 존재가 숲 일부라고 여기면 주변을 더 깊이 관찰하게 된다. 그 상상력의 힘을 믿는다.

"그런데 선생님은 왜 달팽이에요?"

"엄청 느린 거 아니에요?"

"아닌데, 여기서 제일 빠른 달팽이인데." 하면서 빨리 달리는 것처럼 양팔을 흔든다. 하지만 발걸음만은 작은 폭으로 종종 걷는다. 우리 눈에는 느려 보여도 달팽이는 제 기준에서 최고의 속도를 내면서 열심히 가고 있는지도 모르니까.

숲에서 처음 만나는 아이들에게 자연 이름이 '달팽이'라고 소개하면 왜 그리 지었는지 궁금해한다. 달팽이를 좋아하냐고, 달팽이처럼 느리냐고. 뭐, 나아가는 속도가 느린 것은 맞지만 걸음이 느린 것은 아니다. "천천히 걸어 다

니면서 나무도 만나고, 들풀도 만나고……. 이리저리 숲
을 둘러보는 것을 좋아해서 그래."라고 하면 그럴 줄 알았
다며 끄덕이고는 빨리 숲으로 들어가자고 한다. 천천히
올라가 보자니까. 그래, 안녕. 나는 나무 곁에 달팽이야.

~~~~~~

[나누고 싶은 이야기]

나무를 안아보았나요? 그루터기라면 그럴 수 없겠지만, 숲에 있는 나무 중에 내 눈에 들어오는 나무가 있다면 다가가 두 팔로 안아보세요. 손바닥으로 나무껍질을 어루만지면서 그 나무를 느껴보세요. 내가 나무이고, 나무가 나인 듯. 만약 당신이 나무가 되어 숲에 산다면 어떤 나무가 되고 싶나요?

눈

발견하고 상상하는 초록눈

아이들을 기다리고 있다가 나뭇잎을 주웠는데 작은 무당벌레 두 마리가 붙어 있다. 움직이지도 않고 그 자리에 가만히. 꼭 사람 눈동자 같다.

숲에서 표정이 그려진 모양을 자주 발견한다. 꽤 흥미롭고 신기한 경험이다. 상상력이 마구 솟는다. 나뭇잎을 야금야금 먹은 애벌레의 흔적에서 동그란 눈이 보인다. 이제 막 피어난 광대버섯 인편에 작은 돌기가 눈과 입처럼 나 있다. "안녕" 하고 말을 걸면 대답할 것만 같다. 끝이 휘날리는 듯 얇은 족제비싸리 열매를 흩뿌려 놓았더니 웃고, 놀라고, 화난 것처럼 다양한 표정이 만들어진다. 언젠가 개오동나무 아래에서 하늘을 올려다보는데 지나가던 실구름이 걸려 있는 게 꼭 수줍게 미소를 짓고 있는 아이 모습 같았다. 일본목련 나뭇가지가 떨어진 곳에 생긴 흔적이 코끼리 눈처럼 끔벅거린다. 자연 속에 표정들이 재미있다.

존경하는 환경주의자이자 생태작가인 레이첼 카슨은 "어린이에게는 자연에 대해 함께 놀라워할 한 사람 이상의 어른이 필요하다."고 말했다. 자연의 경이로움에 함께 기뻐할 수 있는 어른 말이다. 카슨의 말처럼 자연을 설명하거나 가르치려 들기보다는 감각을 통해 느끼고 발견하면서 자연과 사귈 수 있도록 하고 싶었다.

아이들과 함께 숲을 거닐다가 흥미로운 것들을 발견하면 내 조그맣던 목소리가 커진다. 요정 집 같은 나무 그루터기, 촉촉하게 뭉쳐지는 흙, 돌멩이, 구멍이 난 나뭇잎 하나, 나뭇가지, 나무껍질, 열매, 동물 흔적……. 하나하나 가만히 들여다보면 놀라움이 가득하다. 아이들도 저마다 눈을 크게 뜨고 돌아다니며 각양각색 자연물을 수집하는데, 이때 마음에 다가오는 것들은 오롯이 자연이 주는 최고의 선물이 된다. 그 선물이 준 아름다움과 풍요로움을 느끼며, 아이들은 또 자란다. 아이들에게 자연은 친구이자, 신나는 놀이터이자 배움터이다. 그 안에서 스스로 발견하고 이야기를 만들어 낸다.

한번은 아이가 돌멩이 전체를 진흙으로 칠하고 '초코볼'이란다. 바로 뒤에 이어진 작품은 '까치가 좋아할 것 같은 초콜릿 진흙 케이크'. 고운 흙과 물이 섞인 쫀득쫀득한 진흙 위에 나뭇잎도 넣고, 작은 나뭇가지, 마른 열매도 넣어서 완성했다.

"그런데, 왜 까치가 좋아할 것 같아?"

"선생님, 위를 봐봐요. 까치집이 있잖아요. 까치 아기가 태어나면 축하해 줘야죠."

아이는 흙으로 놀면서도 머리 위로 왔다 갔다가 하는 까치를 보고 있었다. 까치는 몇 번씩 나뭇가지를 입에 물고 와 부지런히 둥지를 만들고 있던 참이다. 곧 까치 부부는 둥지에서 새끼를 기를 테다.

아이들은 나뭇가지를 참 좋아한다. 걷다가 줍고, 걷다가 줍고. 나뭇가지마다 색깔도 무늬도, 길이도 굵기도 결도 다르다. 보통 숲에 사는 키 큰 나무들이 땅으로 떨어뜨린 것들이다. 나무가 스스로 불필요한 가지를 떨어뜨리기도 하지만 눈, 비바람에 부러진 것도 있다.

"이거 긴 나팔이에요. 뿌~우."

"나무껍질에 볼록 튀어나와 있는 게 악어 눈이랑 콧구멍 같잖아."

"악어가 사는 늪을 무사히 건너려면 다리가 필요해."

숲에서 발견한 통나무 하나가 악어가 되는 것은 한순간. 굵은 나뭇가지들을 모아 모두가 건널 수 있는 나무다리를 만들었다. 아이들은 보이는 대로 상상하고 만드는데 주저함이 없다.

9월 가을이 오고 있는 숲, 밤나무가 떨어뜨린 밤송이 안에 알밤들은 누가 다 가져가고 없다. 남은 깍정이가 눈에 띄었다. 깍정이 끝을 조금 잘라 구멍을 내고, 그 안으로 얇은 나뭇가지를 끼워 넣어 숟가락을 만들었다.

"이 깍정이는 밤송이 안에서 열매를 감싸고 있던 거야. 꼭 숟가락처럼 생겼지."

"저도 만들어 볼래요."

"여기 안이 비어 있나 봐. 나뭇가지가 쑥 들어가."

숟가락으로 주었는데, 아이들은 다른 놀잇감으로 펼쳐낸다. 나뭇가지에 양쪽으로 밤 깍정이를 다니 전화기가 되고, 귀마개가 되고, 작은 마이크가 된다. 마음을 사로잡은 자연물이 있으니 계속 궁리한다. 아이들의 상상력이 끝이 없다. 어쩜 그런 생각을 했을까. 애벌레 선생님이 했던 말이 마음에 와닿아 적어 놓았는데, 정말 딱 맞는 말인 것 같다. 자연과 아이는 의도하지 않아도 스스로 빛난다고.

[나누고 싶은 이야기]

자연은 가만히 들여다보면 놀라움이 가득해요. 자연 속에서
신기한 장면을 마주한 적이 있나요?

날

당신의 오늘은 어떤가요

강서구, 11.3°, 맑음, 체감 11.3°, 남풍 1.7m/s, 습도 25%, 미세먼지 보통, 자외선 보통.

스마트폰 날씨 앱을 켰다. 내 위치를 설정하고 오늘의 날씨 정보를 훑는다. 시간별로 날씨와 온도를 확인하고, 강수량도 살핀다.

숲으로 들기 전 먼저 날씨를 헤아린다. 기온은 어떤지, 더운지 추운지, 비가 오는지, 바람이 많이 부는지, 전날부터 일기예보를 확인한다.

일기예보보다 더 중요한 건 현재 숲에서 일어나고 있는 날씨 변화에 적응하는 능력이다. 날씨에 대한 감각은 바깥에서 활동할 때 더 민감하게 열려야 한다. 바람이 불었다가 멈추고, 비가 세차게 내리다가 조금씩 그치고, 해가 쨍쨍하다가 구름으로 가려지고. 이렇게 변화무쌍한 날씨 속에서 공기의 흐름과 온도 변화를 빨리 알아채야 그에 맞는 옷차림을 갖추고 밖에 머무는 시간 등을 조절할 수 있다. 늘 메고 다니는 숲 가방 속에는 비상약품과 날씨 변화에 대응할 만한 물품들을 넣고 다닌다. 바람막이 겉옷이나 수건, 모자 같은. 바람이 불어 조금 추운 것 같으면 얇은 옷을 하나 더 입고 목에 손수건을 둘러 내 몸 상태에 적당한 온도를 맞춘다.

날씨와 더불어 살아가는 우리는 일상생활도 그렇지만 기분도 날씨에 따라 영향을 받는다. 살랑살랑 봄바람이 부는 날도 있고 서글픈 여우비 오는 날도 있다. 먹구름이 낀 날, 비 온 뒤 무지개 활짝 뜬 날, 무섭도록 천둥 번개가 친 날, 온 세상 환하게 눈이 오는 날도 있다. 일기 쓸 때 꼭 적는 게 '오늘의 날씨' 아니던가. 그날의 느낌을 말해주고 내 마음의 상태를 나타내주는 게 날씨다.

화창한 날씨에는 기분이 좋아지고, 비가 오고 구름이 잔뜩 낀 날이면 마음이 푹 가라앉는다. 때론 내가 마주한 자연풍경이 날씨에 따라 기분에 따라 다르게 다가오기도 한다. 날씨와 감정이 연결되어 있다고 여겨진다. 그걸 알아채고 그에 적당한 활동을 하면서 일상의 리듬을 조절하는 게 필요하다.

2018년 유럽생태교육 연수 중에 독일 하노버에 있는 한 숲유치원을 방문한 적이 있다. 숲 가장자리에 있는 나무대피소에서 인상적인 시계 하나를 발견했다. 시각을 가리키는 아라비아 숫자 대신 매일매일 달라지는 날씨 그림이 그려져 있는 시계였다. 시곗바늘은 자동으로 돌아가지 않고 그날 날씨 그림에 멈춰있다. 이날은 여름 해가 쨍한 날. 아이들은 선생님이 맞춰놓은 그림 시계를 보며 오늘 날씨가 어떤지 짐작하고 숲 활동에 대비할 수 있었다.

독일에서 보았던 날씨 그림 시계와 비슷한 '마음 날씨 시계'를 만들어 보았다. 그리고 종종 숲 활동을 시작할 때 꺼낸다. 참가자들과 마음 날씨를 말하면서 소소한 대화의 문을 연다. 마치 '오늘 날씨 어때요.' 하고 묻는 것처럼.

"오늘 당신의 마음 날씨는 어떤가요?"

한번은 마음 날씨 시계를 내밀며 직접 시계 침을 돌리도록 했다. 한 분이 조금 고민하고는 이내 마음속으로 정한 날씨 그림을 가리켰다. "숲에 오기 전에 너무 바빴어요. 정신없이 오다 보니 물통도 빼먹고 왔더라고요. 오늘의 제 마음은 '바람 부는 날'이에요."

"오늘의 마음은 '해가 나온 날'이에요. 그냥 제가 여기 있는 것만으로도 좋아요."

없을 것 같지만, 천둥 번개 치는 날이나 구름 낀 날도 어김없이 나온다.

"전 '구름 낀 날'이요. 요즘 좀 힘든 일이 많아서."

사람들의 이런저런 마음 날씨 이야기를 모두 듣고 숲으로 들어섰다. 양버즘나무의 커다란 나뭇잎이 바닥에 떨어져 있다. 나뭇잎 위로 걷는 소리가 바스락거린다. 얼굴에 스치는 바람이 조금 차가웠지만 햇살은 따스했다. 사람들이 산책 다니는 데크길 대신 나무를 가까이 볼 수 있는 오솔길을 걷기로 했다. 도토리들이 많이 떨어져 있다. 도토리 키재기. 몇 개만 주워 손바닥에 올려놓고 보니 고만고만하다. 도토리 각두를 주워 도토리에 끼워본다. 귀여운 각두에 딱 맞는 도토리를 찾는 재미도 쏠쏠. 울퉁불퉁 굴곡이 있는 흙을 밟으며 숲을 느긋하게 걷는 것도 즐겁다. 정신없이 바쁜 삶을 뒤로하고 도시 속 작은 숲에서 잠깐의 여유를 찾은 참가자들. 뒤에서 작은 목소리가 들린다. "오늘 날씨 참 좋네요."

[나누고 싶은 이야기]

해가 쨍쨍 맑은 날도 좋지만, 안개 낀 날이 좋을 때도 있어요.
여러분은 어떤 날을 좋아하세요?

빛

동그란 그림자

바람에 흔들리는 나뭇잎과 움직이는 그림자들 사이로 반짝이는 빛을 바라보고 있으면 황홀하다 못해 그냥 시간이 멈추었으면 좋겠다. 그 시간이 마냥 좋다. 아무것도 안하고, 아무 생각 없이 멍하니 바라본다. 그런데 오늘은 좀다른 느낌이 온다. 땅에 비춘 나뭇잎 그림자가 몽글몽글 동그랗고, 두 그림자가 겹쳐 진하게 보인다.

"오, 나뭇잎 모양대로 그림자가 나타나는 게 아니네요."

"저 많은 이파리 그림자가 동그랗네. 신기해라."

"왜 그런 거예요? 나뭇잎 그림자가 동그랗게 보이는 이유가 있어요?"

숲을 함께 걷던 벗들과 갑자기 빛과 그림자를 탐구하기 시작했다. 빛은 똑바로 가는 성질이 있지만, 물체 표면에 부딪히면 일부는 흡수되거나 반사되고 나머지는 그림자를 만들어 낸다. 태양 빛이 곧게 내려오다가 나뭇가지나 나뭇잎을 만났을 때 나뭇잎이 가진 형태와 표면이 볼록해서 그림자가 동그란 형태를 띠게 되는 것이다. 새롭게 다가온 자연현상이 호기심을 자극했다. 그날의 온도, 빛의 방향에 따라 그림자 길이와 모양, 선명함이 다르다. 가까이에서 관찰하면 그림자가 뚜렷하게 보이지만 멀리서 관찰하면 희미하게 보이기도 한다. 본디 가진 빛깔로만 보다가 흑백이 만들어 낸 빛깔과 모양을 보니 경이롭고 깊다.

언젠가 가을 햇살이 찬바람을 잠시 덮어줄 무렵, 낙엽 카펫 위에 누워 하늘을 바라봤다. 눈이 부셔 손에 잡히는 대로 나뭇잎 하나 들어 햇빛을 가렸다. 커다란 참나무 나뭇잎에 난 구멍 사이로 작은 빛이 들어온다. 아이들은 이 순간을 놓치지 않는다. 눈동자 같은 나뭇잎 구멍 뒤로 손가락을 대고 모양을 만들었다.

"어, 토끼다."

"그럼, 난 입 벌린 오리."

그 자리에서 바로 숲속 그림자극장이 열렸다. 작은 손과 나뭇잎, 그림자로 만든 것들이 하나둘 등장했다. 새가 날아왔고, 여우가 놀러 왔고, 작은 버섯도 나왔다. 한 아이가 우연히 발견한 나뭇가지 모양이 구부러지고 뾰족한 것이 마치 새 머리 같다. 특이한 모양 때문인지 나뭇가지를 발견한 아이가 계속 들고 다닌다. 그러다 그 나뭇가지 그림자가 눈에 들어온다. 나뭇가지와 아이 머리, 또 다른 아이의 모자 그림자가 모여 목이 긴 타조가 되었다.

늦은 오후 석양빛에 비친 것들이 길게 드리워졌다. 숲 활동을 마치고 내려오는데 해를 등지고 서서 그림자로 키

다리 나무를 만들었다. 오후 동안 내내 받았던 햇살과 숲의 기운 덕분에 모든 게 쑥쑥 자란 느낌이다.

우연히 만난 빛과 그림자는 자연 속 아름다움을 보여준다. 햇살이 머무는 시간만큼 다양한 그림자들로 그려지는 게 신비롭고 새롭다. 까만 실루엣과 빛의 절묘함으로 작품을 만드는 그림자 회화 거장 후지시로 세이지는 자신의 작업을 모든 사물에 빛을 비추고 생명을 불어넣는 수작업이라고 말했다. 100세 나이에도 불구하고 지금껏 빛과 그림자가 주는 환상적인 세계를 멋지게 표현하고 있다는 게 놀랍다. 그가 빛과 그림자라는 자연현상에서 영감을 얻어 오랫동안 예술로 추구할 수 있었던 건 결코 우연이 아닐 것이다. 빛과 그림자에 관한 끊임없는 탐구와 노력이 있었기에 가능했을 터.

숲에서 종종 아이들이 그림자놀이를 하면서 빛이 만들어 낸 자연 예술작품을 발견하는 경험을 많이 할 수 있었으면 좋겠다. 그들 중에서 후지시로 세이지만큼이나 멋진 그림자 회화작가가 탄생할지도 모르니.

봄

바라봄

내 아이와 함께 읽고 싶어 시작했던 영어그림책 읽기가 이제 어른들 세계가 되었다. 우리는 한 달에 두 번 만나 자신이 가지고 온 영어그림책을 읽고 그 감상을 나눈다. 때론 나무 그늘 아래에서 함께 읽는 즐거움을 누리기도 한다.

얼마 전 책《Hey, Little Ant》을 마주했을 때 일이다. 개미를 밟으려는 소년과 밟히기 직전인 개미가 나누는 대화 속에서 '이해와 공감'에 대해 생각해 볼 수 있는 이야기책이었다. 표지 그림부터 흥미롭다. 동그란 안경을 쓴 소년이 나뭇가지에 개미를 올려놓고 아주 가까이에서 바라보고 있다.

- 난 너무 크고, 넌 너무 작아. 내가 밟아도 넌 전혀 아프지 않을걸.

- 넌 거인이고 거인은 개미가 되는 기분을 알 수 없지. 가까이 내려와 봐. 나랑 너랑 많이 닮았다는 걸 알게 될 거야.

개미는 소년처럼 집이 있고, 가족도 있다고 말한다. 과자 부스러기 한 조각을 가져가면 온 마을 식구가 다 먹을 수 있으니 제발 자기를 밟지 말아 달라고 부탁한다.

- 만약 네가 나이고 내가 너라면, 넌 내가 어떻게 하면 좋겠니?

서로의 처지를 바꿔 생각해 본다. 상대방을 이해하기 위해 무엇보다도 편견 없이 그로서 바라보는 것이 중요하다고 느껴졌다.

　봄에 시작되는 숲 활동에서 아이들은 개미 관찰하는 것을 좋아한다. 작지만 움직이는 게 보이고, 다른 곤충에 비해 주변에서 쉽게 발견할 수 있으니, 아이들은 금방 개미 삼매경에 빠진다. 따뜻해진 땅 위로 올라와 줄지어 기어가는 수많은 개미를 보고 있으면 시간 가는 줄 모른다. 어떤 아이들은 나무줄기를 타고 오르내리는 개미를 보면서 확대경(루페)이나 관찰통에 넣기 바쁘다. 관찰통에 넣고 싶어서 두 손가락으로 잡으려고 하다가 힘 조절이 안 되는 통에 개미가 압사당하기도 한다. 자세히 관찰하라고 내어준 확대경인데, 그 안에 개미를 넣는 데 더 열중한다. 아무렇지 않게 밟아버리는 아이도 있다. 이들에게 개미는 '내 앞에서 빠르게 움직이는 곤충' 하나에 지나지 않는 것 같다.

　처음엔 개미를 밟으려는 아이에게 어쩔 줄 몰라 하며 "이 개미도 소중한 생명이잖아. 작다고 하찮다고 밟혀도 되는 생명은 없단다."라고 타일렀다. 하지만 그 말이 잘 안 통할 때도 있는 법. 그보단 개미가 어떻게 살아가고 있는지 직접 보여주는 게 더 낫다. 저편에 작은 씨앗을 입에 물고 열심히 가고 있는 개미를 가리키며 "개미가 먹이를 가지고 어디로 가는지 한 번 볼까?" 하면서 개미의 움직임을 함께 지켜보기로 했다. 아이들은 몸을 낮추고 그 자리에 멈춰서 작은 개미들과 천천히 마주한다.

"안 무거울까? 자기 몸보다 훨씬 큰데……."

어느새 개미를 걱정하고 있다. 개미집이 가까이 있어야 한다고, 다른 개미가 도와주었으면 좋겠다고 한다. 씨앗을 놓친 개미가 그냥 가 버릴까봐 씨앗을 집어 다시 개미 앞에 놓아둔다. 그 짧은 순간 속에서 숲에서 살아가는 개미들의 노력을 이해할 수 있었기를.

《Hey, Little Ant》에 그려진 개미 모습이 낯설었다. '그림이 잘못된 것 아냐? 작가가 뭘 모르고 그린 것 같다.'라고 생각했다. 보통 곤충들은 머리, 가슴, 배 3부분으로 나뉘고 대부분 가슴에 6개 다리와 날개가 2쌍씩 달려 있다. 그런데 이 책 속 개미 몸은 5부분으로 나뉘어 있는 게 아닌가. 미국 개미라고 다를 리 없잖아. 여태 내가 본 개미 몸은 더듬이와 큰 턱이 있는 머리, 6개 다리가 있는 가슴, 잘록한 허리와 무늬가 있는 배로 나뉘어져 있었다. 아이들에게도 그리 알려줬다. 아무래도 이상해 다시 개미 도

감을 훑어보았다. 책장을 넘기며 몇 컷 사진을 보자 5부분으로 그린 이유를 알게 됐다. '아……. 가슴이 나뉘어 보이는구나.'

구조를 보면 머리, 가슴, 배 3부분으로 나뉘는 것이 맞지만, 다리가 연결된 가슴이 앞가슴, 가운데가슴, 뒷가슴으로 구분되어 있다. 어쩌면 그림 작가는 개미 형태를 유심히 살펴보고 그렇게 그렸는지도 모르겠다. 안다고 다 아는 게 아니네, 보았다고 다 본 게 아니네.

머리, 가슴, 배로 나뉜 개미를 선명하게 볼 기회가 점점 적어지는 우리 아이들, 봄에 시작되는 숲 활동에서는 아이들과 개미를 좀 더 자세히 살펴봐야겠다. 바라보면 비로소 '보일 것'을 기대하며.

[나누고 싶은 이야기]

다가서서 눈높이를 맞추고 자세히 볼 수 있어야 제대로 알 수 있어요. 무언가를 자세히 들여다본 적 있나요?

감

우리들의 산책 감각

여름 기운이 들기 시작했다. 노란 씀바귀들이 바람결에 살랑이고, 하얀 꽃 피우던 나무들은 어느새 제 잎사귀를 키워서 싱그러운 그늘을 만들고 있다. 초록으로 가득 차오른 동네 숲으로 '어른이'와 함께 오감을 깨우는 산책길에 나서기로 했다. 〈가만가만 걷는 숲〉이란 프로그램으로 2회에 걸쳐 참가자를 모집하고 진행했다. 지난번에는 소리와 냄새 감각을 열며 걸었다면 이번에는 보고 만지는 숲 산책이다.

답사 중 조그만 고욤나무 열매를 발견했다. 영글기도 전에 떨어진 초록 열매가 너무 귀엽고 귀하게 여겨져 냉큼 주워 왔다. 함께 하는 분들에게 마음을 담아 선물로 드렸다.

"자, 여기요. 하나씩 드릴게요. 오다 주웠어요."

꽃이 떨어진 자리에서 생겨난 어린 열매다. 가지에서 떨어지지 않고 계속 자랐다면 달디단 고욤 열매의 맛을 9월이나 10월에 맛볼 수 있을 텐데 꽃도 못 봤는데 벌써 떨어졌다. 손가락 사이로 고이 얹어 놓고 보니, 고운 꽃반지 아니 열매 반지. 어떤 보석보다 더 예쁘다.

오솔길을 걷다가 꽃가루가 다 날아간 리기다소나무 수꽃이삭을 주워 두 손가락으로 비벼보라고 했다. 까슬까슬

한 느낌이 좋다. 아이들은 이걸 고춧가루라고 하면서 소꿉놀이하는데, 어른들은 뭐라고 하려나. 그냥 애벌레 같단다.

"숲에서도 바느질할 수 있어요."

"어머, 어떻게요?"

"자, 여기 갈참나무 잎인데 만져보실래요?"

하나 주워 만지작만지작. 두텁고 반질거린다. 갈참나무 낙엽은 두꺼워서 잘 부스러지지 않는다. 넓은잎나무 중에서도 나뭇잎이 질긴 편이다. 겨우내 나무에 붙어 있던 참나무 잎들은 다른 낙엽에 비해 흙으로 돌아가는 속도가 매우 느리다. 두터운 잎은 나무가 가장 필요로 하는 봄에 바닥으로 떨어져 영양분이 풍부한 뿌리덮개 역할을 해준다. 그 나뭇잎이 바로 오늘의 바느질 천.

"그럼, 이 리기다소나무 잎이 바늘이겠네요."

"네, 맞아요. 잘 알아보셨어요."

리기다소나무 잎은 3장으로 나뉘어 있다. 가느다란 바늘잎을 '또르르' 모으면 하나의 잎처럼 딱 맞물린다. 이렇게 갈참나무, 신갈나무, 상수리나무 잎은 천 조각이 되고 가느다란 리기다소나무 잎은 바늘과 실이 되었다. 다들 바느질 솜씨가 예사롭지 않다. 넓은 나뭇잎에 길쭉한 나뭇잎을 꿰매어 점선 무늬가 있는 작은 매트(깔개)를 만들었다. 나뭇잎 매트 위에 고욤 열매랑 주변에서 발견한 예쁜 것들을 모아서 마음 가는 대로 올려놓았다. 자연이 준 선물로 꾸민 작품을 보며 서로 흐뭇해한다.

주변으로 밤꽃 향기가 은근하게 퍼져 있다. 저 멀리 키 큰 나무에 사방으로 솟구쳐 나온 듯한 밤나무 수꽃들이 보인다. 아래에 떨어진 수꽃을 주워 루페로 자세하게 살펴보았다. "와. 정말 많네요. 이게 다 수술이에요?" 한 참가자가 묻는다. 북슬북슬 긴꼬리 모양을 한 수꽃에 수없이 많은 수술이 달려 있다. 참나무류 수꽃들이 가진 특징이다. 이제 곧 꽃가루를 모으러 벌들이 꽃들 사이로 들락거릴 것이다. 밤나무 암꽃의 꽃가루와 수분이 되면 그 자리에 삐죽삐죽 밤송이가 영글 테다.

자연은 우리에게 참 많은 이야기를 한다. 말은 없어도 무언가로 그들의 이야기를 전해 주는 것 같다. 우리는 그저 알아차린다. 내 안의 감각을 깨워서. 향기를 맡고, 소리를 듣고, 눈으로 보고 만지면서. 숲을 가만가만 걸으며 자연의 뭇 생명이 건네는 이야기에 빠져들다 보면 산책이라는 게 더는 걷기에 머무르지 않는다. 나무와 꽃과 벌들에게 하나하나 인사하듯 걷다 보면 비로소 자연을 느끼는 나를 만난다.

은사시나무 군락 길에서 잠깐 멈췄다. 참가자들과 함께 꾀꼬리 소리를 들을 수 있으려나 싶어서 귀 기울여 보았지만, 오늘은 소식이 없다. 대신 잎자루가 긴 은사시나무 잎을 귀에 가까이하고 흔들면서 소리를 만들었다. 짙은 초록 잎이 '한들한들' 덩달아 기분 좋아지는 소리가 들린다.

평소에 즐기지 않는데 이날만큼은 맨발로 잣나무 숲길을 걸어 보고 싶었다. 이곳을 처음 온 사람도, 자주 왔던 사람에게도 동네 숲을 좀 더 가까이 만나는 방법이라 생각했다. 다 같이 신발을 벗고 천천히 조금씩 발걸음을 옮겼다. 잣나무 잎으로 덮인 까슬하고 거친 땅이 걷다 보니 점점 부드럽고 시원하게 느껴진다. 발바닥으로 땅의 결이 그대로 전해졌다. 잣나무가 뿜어내는 피톤치드를 흠뻑 마시면서 정상부 잔디밭까지 말없이 걸었다. 산책과 산림욕을 동시에 할 수 있는 멋진 곳이다.

"요즘 맨발 걷기 많이 하던데, 왜 그렇게 좋아들 하시는지 알겠네요. 생기가 돌아요."

"발가락 사이로 시원한 바람이 느껴졌어요."

- 마음의 소리를 듣는 시간

- 뻐꾹 뻐꾹 봄이 가네

- 발가락 발바닥 느낌 좋아

- 보들보들 말랑말랑

- 나무야, 풀잎아 고마워

- 스스스스, 소소소소, 솨솨솨솨

- 몽글몽글 한들한들 살랑

오늘 숲을 함께 걸으며 깨운 우리들의 산책 감각들이 참가자들의 소감 문장 속에 살며시 숨어 있다. 내 마음이 다 몽글몽글해진다.

맛

숲의 맛

"오디에요, 오디."

"엥? 여기에 뽕나무가 있었다고요?"

2023년 6월, 늘 오르는 단풍나무 오솔길을 걸으며 식생 조사를 하고 있었다. 그 자리에 뽕나무가 있다는 사실을 왜 미처 몰랐을까. 나무지도를 만들면서 길 근처에 있는 나무들 위주로만 보았던 터라 울타리 안쪽에 있던 뽕나무를 놓친 것이다.

잘 익어 검붉은 열매가 먹음직스럽게 보였다. 오디 하나를 '똑' 따서 입안에 '쏙' 넣었다. 달콤함이 입안 가득 퍼진다. 열매를 만진 손가락이 까맣게 물들었다. '내 어릴 적 오디 따 먹던 시절'이라고 말하고 싶지만, 난 도시에서 태어나 도시에서 자란 사람인지라 뽕나무 잎을 자세히 본 것도, 뽕나무 열매가 오디란 걸 알게 된 것도 어른이 다 되어서였다. 아직 덜 익은 열매는 몽글몽글 하얗고 분홍빛이 돈다. 함께 간 애벌레 선생님도 "음, 이 맛이지." 하며 오디의 달콤함을 즐긴다. 산촌에서 나고 자란 선생님에겐 추억이 돋는 맛이다. 그때만큼 한 움큼 손에 들고 먹지 못하는 게 못내 아쉬울 뿐. 그런데 오디 맛을 즐기고 있는 것은 비단 우리뿐만이 아니었다. 직박구리가 조심스레 날아와 나뭇가지에 앉았다. 잘 익은 오디를 잽싸게 따 먹는다.

이곳 뽕나무는 우연히 씨앗이 발아하여 스스로 자란 나무일까? 아니면 작은 묘목으로 심은 나무일까? 나무지도에 표시해 놓은 뽕나무가 군데군데 네 그루 정도 되는데 모두 나무줄기 굵기를 보면 그리 오래된 나무 같진 않다. 열매가 달린 양도 고만고만하다. 20년이 지나면 이 숲에는 뽕나무는 어떤 모습으로, 몇 그루가 있으려나.

자주 가는 여의도 샛강생태공원에는 굵직하고 키 큰 뽕나무들이 모여 있는 100년 뽕나무 숲이 있다. 6월 즈음 그곳에 가면 바닥이 온통 검붉은 오디 흔적으로 까만 카펫을 깔아 놓은 것 같다. 걷는 길은 흙이 반, 오디 반이다. 어디서 알고 왔는지 뽕나무 열매 맛집은 샛강 새들이 줄지어 날아든다. 직박구리 한 마리가 한참 따 먹고 가면, 까치 두세 마리가 와서 배불리 먹고 간다. 비둘기랑 참새 무리는 땅에 떨어진 오디를 부리로 콕콕 찍어 마음껏 먹는다. 그렇게 많이 먹는데 배탈은 안 나려나. 이제 오디의 계절은 고개를 들어 뽕나무 가지를 보지 않더라도 주변에 새똥 색깔로 먼저 알 수 있다. 보랏빛 똥이 땅에 지도를 그려 놓았으니 말이다. 샛강 키 큰 뽕나무는 대부분 저절로 자란 나무들이고, 그 맨 처음 씨앗을 땅에 떨군 주인공은 아마도 이 새들이 아니었을까. 맛있게 먹고 소화한 오디 씨앗이 새똥과 함께 알맞은 땅에 스며들어 싹을 틔웠을 것이다.

멧누에나방 애벌레는 뽕나무 잎을 무척 좋아한다. 알에서부터 어른벌레가 될 때까지 뽕나무에서 사는 멧누에나방은 알에서 나와 뽕나무 잎을 야금야금 먹고 무럭무럭 자란다. 1령, 2령, 3령, 4령. 점점 모양을 갖추는 애벌레는 새똥처럼 생겼다. 머리는 작은데 가슴 부분이 둥글고 커서 원래 모습을 숨기는데 선수다. 특히 5령이 되면 나뭇가지처럼 나뭇가지에 붙어 있는 위장술이 대단하다. 익어가는 오디 사이에 나뭇가지인 줄 알았다가 자세히 보니 애벌레 배다리로 감쪽같이 나뭇가지에 붙어 있어 놀란 적도 있다. 가짜 눈이 달린 부분은 다리가 달린 부분이고, 가슴 부분은 부풀려 큰 머리같이 위장했다. 천적으로부터 내 몸을 지키는 애벌레의 지혜가 그저 신비롭다.

거의 다 자란 멧누에나방 애벌레는 주변 뽕나무 잎을 끌어와 제 입에서 만들어 내는 명주실로 얼기설기 붙여 고치를 만든다. 우리가 흔히 알고 있는 하얀 누에고치와는 달리 노란색 실이다. 말라비틀어진 뽕나무 나뭇잎 사이로 노란색 솜뭉치를 본다면 그건 이듬해 봄 새로운 세상을 꿈꾸는 멧누에나방 번데기 방임이 틀림없다.

오디의 달콤한 맛을 좋아하는 사람과 달큼한 보랏빛 똥을 누는 새, 새들이 옮긴 씨앗으로 싹을 틔운 뽕나무, 그 나무 초록 잎을 좋아하는 멧누에나방 애벌레. 이들 모두가 연결되어 있고 저마다 살아가는 방식과 지혜를 가지고 있다는 사실을 알아가는 기쁨, 이 또한 숲의 맛 아니던가. 아, 오디 몇 개를 나뭇가지로 짓이겨 진보라색 물감을 만들면 뽕나무 나뭇잎은 스케치북이 되고, 손가락은 붓이 되어 오늘 내가 보았던 애벌레를 그려낼 수도 있겠다. 아이들에겐 자유롭게 그려보는 맛이 진정 숲의 맛.

[나누고 싶은 이야기]

연두색 초록색이었다가 점점 노란색 빨간색 보라색 등 아름다운 빛깔로 변하는 열매.

열매 색깔이 짙어진다는 것은 점점 엄마 나무로부터 떠날 때가 되었다는 신호랍니다. 열매 신호등, 엄마 나무의 지혜가 느껴져요.

향

기억을 부르는 내음

창을 열던 큰아이가 코를 킁킁대더니 봄이 왔단다. 이때가 엄마가 대청소할 즈음이라고. 그 무렵이면 느껴지는 냄새가 있다고 했다.

"그게 어떤 냄샌데?"

"아, 그걸 어떻게 말해야 하지? 겨울이 갔구나 싶은데, 봄에 새싹이 올라올 때 나는 시원하고 상큼한 냄새?"

"새순, 시원하고 상큼한, 봄, 대청소……. 이 조합은 뭘까?"

알 것 같기도 하다. 겨울 냄새는 사라지면서, 살랑살랑 바람과 햇살이 뒤섞여 숲을 가득 채운 따스한 봄 내음. 계절이 바뀌면서 공기에서 느껴지는 미묘한 변화다. 그런데 그걸 대청소할 때라고 기억하는 건, 좀 이상하다. 그래도 이 아이에게 엄마 모습이 봄의 냄새와 연결되어 있어서 다행이다.

기억을 부르는 계절의 냄새. 이뿐이던가. 비 온 뒤 풍기는 흙내에서 소나기가 시원하게 내리고 난 뒤 학교 운동장 위에서 느꼈던 비 냄새가 떠오른다. 텃밭 땅을 갈 때도, 화단에 물을 줄 때도 코끝에 비 냄새가 스친다. 이는 땅속 미생물인 방선균이라는 세균이 만들어 낸 지오스민(geosmin) 냄새다.

여름 내내 초록 잎을 키우던 나무들이 원래 가지고 있던 제 빛깔을 뽐내며 가을이 왔음을 알려준다. 이맘때면 한걸음에 달려가는 곳이 있다. 수업 답사도 할 겸 조금 일찍 궁산 중턱에 있는 오솔길로 향했다. 아니나 다를까 은은하게 주위로 퍼져 코끝을 간질이는 냄새가 진동한다. 고개를 들어 바라본 나무에는 동그랗고 두툼한 하트모양 나뭇잎이 노랗게 물 들어가고 있다. 벌써 떨어진 계수나무 잎을 주워서 코끝에 갖다 대기 바쁘다. 노란색에서 황갈색으로 변해가는 그즈음이고, 바싹 마르기보단 떨어지고 얼마 안 되어 조금 부드러운 잎을 찾는다. 한 잎 주워서 냄새 맡고, 또 다른 잎 주워서 냄새 맡고. 달곰하게 코끝으로 전해지는 향기가 너무 좋아 걸음을 멈추고 짙게 깔린 계수나무향에 취해 본다. 절대 지나칠 수 없는 매력적인 짙음.

"나뭇잎에서 달콤한 냄새가 난다고요?"

처음 계수나무 잎을 만난 분은 고개를 갸우뚱거린다. 맡은 향기가 무엇과 제일 비슷한지 말해보자고 했다.

"달고나"

"......"

"솜사탕"

"......"

"요구르트"

"난 아무 냄새도 안 나는데요?"

"이것 한 번 맡아보세요."

냄새를 못 맡겠다는 분에게 적당히 마른 계수나무 잎을 건네주니, 바로 코에 갖다 댄다. 나뭇잎에서 생각지도 못한 냄새가 나니 너무 신기하다고, 가져가 계속 맡고 싶다고 가방 속에서 책을 꺼내어 사이에 고이 끼워 놓는다.

계수나무는 낙엽이 질 때 솜사탕처럼 달콤한 향기를 내뿜는다. 겨울을 준비하는 나무의 나뭇잎 속 세포가 약해지거나 죽어갈 때 말톨(maltol)이라는 성분이 많아지기 때문이다. 봄에 피는 연홍색 꽃은 꽃잎도 없고 눈에도 잘 띄지도 않는데, 가을에 떨어지는 잎에서는 더욱더 진한 향기가 난다. 더 정확하게는 떨켜(잎이나 꽃이 식물에서 떨어져 나갈 때 생기는 세포층)를 준비하는 중에 달콤한 향기를 만든다.

"어쩌면 계수나무는 스스로 올 한 해 잘 견뎌냈음을 알리고 싶어 떨켜에다 향기를 붙였는지도 모른다. 봄부터 부지런히 키우고 물들인 잎에 고마웠어, 잘 가, 하고 인사하려고. 참 멋진 인사법이다."

《나무, 이야기로 피어》(손남숙, 목수책방) 중에서

나무와 작별하면서 향기로 인사하는 계수나무 잎이 사랑스럽다. 달콤한 향기 때문에 이제 가을 하면 계수나무를 떠올리게 된다. 빨갛게 물든 단풍나무도, 노랗게 물든 은행나무도 좋지만, 가을은 내게 계수나무의 계절이다. 노란 단풍 예쁜 계수나무 잎들을 주머니에 한가득 담아와 가을향기를 함께 나누고 싶네.

[나누고 싶은 이야기]

향기와 기억이 연결되어 있다고 해요. 당신의 기억을 부르는
가을 냄새가 있나요?

말

생명의 소리

"후이오~ 후이오~ 휘요~."

"호오 휘이 호오 휘이."

"호호 휘~호 호호 휘~호."

"히요히요~ 히히오 후히오~."

"휘히히힉."

"꼬이---액."

(안녕, 나는 꾀꼬리야. 내 목소리 들리니?)

(여기 은사시나무 꼭대기인데, 바람이 참 좋다.)

(내 짝이 되어줄 꾀꼬리를 찾고 있어.)

(이 나무에 둥지를 지으면 좋겠네.)

(물까치! 나 여기에 있다. 오지 마라.)

5월이 되니 궁산에서 꾀꼬리 소리가 들리기 시작한다.
아름다운 소리가 숲 전체에 울려 퍼진다. 한 자리에 머물
면서 새소리에 귀 기울여 보았다. 꾀꼬리가 내는 소리가
참 다양하다. 대여섯 가지는 되는 것 같다. 무슨 말을 하
는 걸까. 통역이라도 해볼 요량으로 적어보았다.

들리는 소리를 그대로 표현하기는 쉽지 않다. 음절에
맞춰 글자로 쓰는데, 방금 들은 소리를 놓칠세라 노트에
날리듯 적는다. 《새들의 밥상》의 이우만 작가는 "관찰하

는 새의 소리를 기억하는 좋은 방법은 들리는 대로 의성어를 적어보는 것."이라 했다. 아직 연습이 더 필요한 것 같다. 그냥 녹음하는 게 나으려나.

몇 년 전 오솔길을 걷는데 평소에 듣지 못했던 새소리가 들렸다. 소리로만은 알 수 없어 녹음하고 마음속에 저장해 두었다. 얼마 뒤 은사시나무 꼭대기에서 저편으로 날아가는 샛노란 꾀꼬리 모습을 마주했다. 그리고 그 소리를 또 들었다. "꾀꼬리였어." 동네 숲에 여름 철새인 꾀꼬리가 찾아온다는 것을 알게 된 후, 숲이 다시 보이기 시작했다. 번식기에는 은사시나무 근처에서 소리가 자주 들리고, 어린 새를 키우는 시기에는 상수리나무나 다른 참나무 사이에서 소리가 들렸다.

꾀꼬리는 짝을 만나 둥지를 틀고 새끼 새를 키우기 시작하면 주로 우거진 나무 속으로 다니기 때문에 실제 모습을 보는 게 쉽지 않다. 둥지도 무성한 나뭇잎에 가려 잘 안 보인다. 숨바꼭질하다가 술래가 못 찾겠으면 '못 찾겠다. 꾀꼬리'하고 외치는 게 그것. 청아한 소리랑 다르게 가끔 날카로운 소리를 내기도 한다. 이건 경계음이다. 이제 소리로 그들이 있다는 걸 안다.

"삑 삑 삑 삑 삑 삑 삑 삑 삑 삑 삑 삑 삑."

이 또한 낯선 소리. 너무 가까이에서 들린다. 두리번두리번 주변을 살폈다. 순간 길 바로 옆에 있는 벚나무로 오색딱다구리 한 마리가 날아든다. 길에서 보이는 쪽이 아니고, 숲 안쪽으로 구멍을 낸 모양이다. 그곳에서 나는 작은 소리. "아기 새소리인가 봐요." 같이 걷고 있던 숲 벗들과 그대로 멈추고 몇 걸음 뒤로 물러나 지켜보았다. 새끼 새의 울음소리는 그칠 줄 모르고, 오색딱다구리는 쉴 새 없이 먹이를 물어다 먹인다. 왜 이렇게 길 가까이에 둥지를 만들었을까. 수시로 오가는 사람들이 오히려 경계 대상이 아니라고 생각했을지도 모른다. 이후에 찾아보니 오색딱다구리가 내는 경계음은 새끼 새의 울음소리와 비슷했다. 좀 더 힘이 있는 "끽끽끽끽 끽끽끽끽."

생명의 소리로 가득 찬 5월 끝자락. 숲이 만드는 소리는 우리가 원한다고 만들어지는 소리가 아니다. 나무들이 크게 자라 숲이 커지고, 그 안에 다양한 생명이 깃들어 살아야 가능한 소리다. 여름을 부르는 매미 소리도, 저 멀리 아득하게 들려오는 개구리 소리도, 날개를 비벼 노래하는 귀뚜라미 소리도.

동네 숲을 걸으면서 주변 소리에 귀 기울여 본다. 좀 더 집중해서 들은 소리를 노트에 적었다.

- 나뭇잎이 스치는 바람 소리 **쏴아아아~ 츠사아스사**

- 풀벌레 소리 **치즈즈즈즈~ 치즈치즈치즈~**

- 청서가 나무 타는 소리 **또로로 콩콩 또로로로**

시시때때로 자연 안에서 들리는 수많은 소리를 모으며 천천히 숲 생태계를 느끼는 것도 좋겠단 생각이 들었다. 어렵지 않다. 멈추면 되는 일. 잠시 내 마음의 소리를 끄고 들어보면 되는 일.

숲에 가면 어떤 소리가 마음에 들어오나요?

2장

반
짝
반
짝

빛
나
는

숲

흙

땅속에 누가 살아

아이들과 궁산 오솔길을 걷는데 울퉁불퉁 땅이 솟아오른 듯 길이 나 있다. 두더지가 지나갔나 보다.

"달팽이 샘(선생님), 두더지 본 적 있어요?"

"아니, 아직 실제로 본 적이 없어. 진짜 보고 싶어."

"땅속에 있으니까 못 보죠. 파볼까요?"

봉긋하게 올라온 흙더미, 그가 만든 땅속 세상이 궁금해 살짝 파보기로 했다. 아이는 어디서 가지고 왔는지 곡괭이 같이 생긴 나뭇가지를 땅에 콕콕 찍어 댄다. 두더지는 보이지 않고, 부드러워진 흙 사이로 두더지 땅굴만 보였다.

"땅속을 어떻게 저렇게 잘 파고 다니는 거예요?"

"두더지는 시력이 안 좋은 대신, 냄새를 잘 맡고 잘 느낄 수 있어."

"맞아. 지렁이 냄새를 기가 막히게 잘 맡는대."

처음 두더지 흔적을 발견했을 때는 '와, 우와' 감탄사를 연발했다. 그림책 속에서만 보던 두더지가 어두운 땅속을 파고 다녔을 모습을 상상하니 너무 귀엽고 깜찍해서 엷은 미소가 저절로 지어졌다. 굴삭기처럼 생긴 앞발, 뾰족한 주둥이, 두툼한 진회색 몸통. 실제 모습을 본 적이 없으니 사진 속 두더지 모습만 떠올렸다. 텃밭 농사하시는 분들은 자주 본다고 하던데, 우리는 언제 만날 수 있는 거니.

그렇게 오매불망 두더지를 볼 수 있는 날만 기다렸는데 불현듯 갑자기 그를 마주하게 됐다. 6월 어느 날 책방 숲 프로그램 참가자들과 함께 나무 이야기를 나누며 걷고 있는데, 발밑에서 작은 동물을 발견했다. 가까이 다가가 보니 죽은 두더지였다.

"어머, 여기에 두더지가 사는군요."

"네, 드문드문 두더지 흔적을 발견하는데, 실물은 저도 오늘 처음 보아요. 그것도 죽은 채로."

"어쩌다가……."

생각보다 너무 작았다. 몸통은 내 손바닥만 했고, 훨씬 클 것으로 생각했던 앞발은 작고 가느다랬다. 몸을 감싸고 있는 짧은 털은 벨벳같이 보드라웠다. 새끼 두더지일까. 벌써 주변에는 주황빛 균사가 나타나기 시작했다. 두더지가 왜 이곳에서 죽었는지 알 수 없었지만, 생을 마감한 한 생명체가 다시 흙으로 잘 돌아갈 수 있도록 낙엽 몇 장을 덮어주고 그 마지막을 달래주었다.

자연생태계가 순환할 수 있는 것은 흙과 그 속에서 살아가는 작은 땅속 생물들이 있기에 가능하다. 땅의 농부 지렁이, 뜀뛰기 잘하는 톡토기, 눈이 작은 땅강아지, 땅파기 선수 두더지, 눈에 잘 보이지도 않는 선충과 미생물들까지. 우리 눈으로 감지할 수 없는 미미한 속도로 땅을 건강하게 일구고 있다.

숲 활동할 때마다 길 가 땅 위로 동글동글 작은 알갱이가 뭉쳐 흙이 탑을 이루고 있는 것을 자주 발견한다. 지렁이가 땅속에서 흙을 먹고 싼 영양분 가득한 똥이다. 한 뭉텅이를 살짝 들어 아이들에게 냄새를 맡아보라고 했다.

"그냥 흙냄새 나요."

"어, 아까 선생님이 지렁이 똥이라고 하지 않았어요?"

"어? 똥 냄새가 아니네."

동물 배설물이라고 하면 으레 지독한 냄새가 날 것으로 생각했던 아이들은 진한 흙냄새가 나는 지렁이 똥을 더는 '똥'으로 보지 않는다. 떼 알로 뭉쳐있는 흙덩이에는 작은 구멍이 나 있다. 지렁이가 만들어 낸 길이다. 매끈한 몸을 앞으로 밀고 당겨서 움직이는 작은 동물이 선명하게 구멍을 냈다.

더 많은 아이가 흙을 더 가까이했으면 좋겠다. 우리 발밑에서 함께 숨 쉬고 있는 땅속 작은 생물들의 세계를 자세히 들여다보면서 그들의 소중함도 느끼고, 그들과 더불어 살아갈 수 있는 마음을 가질 수 있기를.

새

동네에서 만난 새

앙증맞은 쇠딱따구리가 소나무 몇 그루를 오고 가면서 '톡톡', '톡톡' 쪼아댄다. 배가 아직 덜 찼나 보다. 나무껍질 사이나 나무 속 안에 있는 작은 벌레들을 잡아먹기 위해서 자리를 계속 옮긴다. 쌍안경을 가져왔다면 움직이는 새를 자세히 관찰할 수 있을 텐데, 아쉽지만 오늘은 그냥 맨눈으로 지켜보기로 했다.

눈 덮인 겨울, 옆 동네 숲에서 처음 보았던 아물쇠딱다구리(보기 드문 텃새라 더 반갑고 신기했던)와 이젠 구별할 수 있겠구나. 크기나 형태가 비슷해 보여도 아물쇠딱다구리는 등 가운데 큰 흰색 반점이 있고, 쇠딱따구리는 일정하고 좁은 흰색 가로로 줄무늬가 나 있는 게 다르다. 나무줄기를 뱅뱅 돌며 먹이를 찾고 있다. 작디작은 4개 발가락으로 잘도 버틴다. 이쪽 나무에서는 줄기를 돌며 쪼다가, 저쪽 나무로 날아가서는 희끗희끗한 나뭇가지 끝을 건드린다. 조용한 숲에 나무 쪼는 소리가 배경음악처럼 얕게 깔린다.

멀찍이서 스마트폰 카메라로 새가 먹고사는 모습을 담아봤다. 선명하게 찍히진 않아도 새의 형태와 동선을 가늠할 수 있다. 먹이 찾느라 정신없던 쇠딱따구리가 내가 있음을 눈치챘나 보다. 카메라 프레임 밖으로 더 멀리 날아가는 바람에 촬영을 멈췄다. 58초. 불과 1분이 채 안 되는 시간에 쇠딱따구리는 얼마나 많은 벌레를 잡았을까. 좋아하는 나무가 따로 있을까, 아니 좋아하는 먹이가 소나무에 많은 걸까. 어디에 둥지를 틀었을까. 쇠딱따구리가 사는 이 숲은 야생동물들에게 어떤 곳일까. 1시간이었다면 좋으련만. 1분이라는 짧은 순간 동안이라도 숲에서 쇠딱따구리를 마주한 것이 그저 고맙고 행복했다.

2018년 초여름 어느 날, 우리 동네 주택 골목길에서 제비들이 날아다니는 모습을 우연히 발견했다. 근처 빌라 주차장 천장에 있는 수도관 위로 둥지를 짓고 새끼를 키우고 있는 게 아닌가. 논이 있는 농촌도 아니고, 도심 속에 제비라니. 상상하지 못한 곳에서, 그것도 너무나 가까이에서 제비집을 볼 수 있단 사실이 놀랍고 반가웠다. 제비들이 영향받지 않도록 기둥 뒤로 몸을 숨기고 숨죽여 지켜보았다.

조용하던 새끼 제비들은 어미 제비가 둥지로 날아들자 '삐삐삐삐' 소리를 내면서 '나한테 주세요.' 하듯 입을 벌린다. 암컷과 수컷이 번갈아 가며 먹이를 물어다가 새끼들 입에 넣어준다. 둥지 안에 옹기종기 모여 먹이를 기다리고 있는 새끼 제비들 모습에 엄마 미소가 지어졌다. 둥지 아래에는 부모 제비들이 미처 처리하지 못한 배설물들이 떨어져 있다. 종이상자가 깔린 것을 보니 빌라 주인의 작은 배려인 듯했다. 안전한 둥지 속에서 자라던 새끼 제비는 곧 이소해 부모 제비들과 함께 자유롭게 날아다니며 먹이 사냥을 즐길 수 있겠다.

그 후로 매년 봄과 여름 사이 그 자리에서 제비를 만났다. 아마도 가까운 곳(오랫동안 문을 닫고 사용하지 않던 공장 빈터에 빗물이 고여 자연스레 만들어진 물웅덩이)에서 둥지 재료와 먹이를 구할 수 있으니, 제비는 재방문을 마다하지 않았을 것이다. 가을에 떠나 따뜻한 남쪽 나라에서 겨울을 지내고 다시 돌아오는 제비. 서식지가 훼손되고 둥지 환경이 바뀌어 점점 그 개체 수가 줄어들고 있다고 하는데 동네에서 제비를 만날 수 있는 것은 행운이었다. 하지만 그 행운도 몇 년을 가지 못했다.

2022년 봄, 그해도 어김없이 찾아온 제비가 묵은 둥지 옆에 새로운 둥지를 만들고 있었다. 그런데 하필 CCTV 카메라 위다. 괜찮을까. 며칠 뒤 가보니 둥지가 말끔하게 없어졌다. 빌라에 사는 주민이 둥지를 털어버린 모양이다. 배설물 때문에 종이상자를 깔아주던 사람은 아니었을 것 같다. 둥지를 잃고 난 후 적당한 곳을 찾지 못했는지 이

번엔 빈 벽면에다 둥지를 만들기 시작한다. 입에 진흙을 물고, 공중에서 날갯짓하면서 열심히 만들어 보지만 쉽지 않다. 흙이 자꾸 떨어진다. 결국 제비는 그곳에 둥지를 틀지 않았고, 더는 골목길에 날아들지 않았다.

"엄마, 마트 코너 찻길에 작은 새가 죽어 있어."

"정말? 찻길에? 어떤 새였는데?"

"노란색인데, 작아. 엄마랑 다시 가보려고. 빨리 가보자."

작은아이가 학교에서 돌아오는 길에 죽은 새를 발견한 모양이다. 어찌 된 영문인지 몰라, 하던 일을 잠시 멈추고 같이 가보았다. 연노란색 깃털에 노랑눈썹솔새인가 쇠솔새인가 정확한 동정을 할 수 없었다. 개미들이 달려들기 시작했다. 더는 이곳에 있으면 안 될 것 같아 종이상자에 새 사체를 담아 옆 화단으로 옮겨 묻어 주었다. 주변을 살펴보니, 날아가다 건물 유리창에 부딪힌 것 같다. 새들은 투명 유리창을 인식하지 못하고 가다가 충돌하는 사고가 자주 난다. 미리 예방할 수만 있었다면.

동네 뒷산에서, 아파트 정원에서, 작은 공원에서, 골목길에서 다양한 새를 만난다. 생각보다 가까운 곳에서 함께 살아가고 있는 새들. 깊은 숲으로 가지 않아도 쉽게 볼 수 있는 야생동물이지만 만날수록 그들이 사는 곳과 주변을 생각하게 된다. 더불어 살기 위해 적당한 거리와 관심이 필요하다. 눈앞에서 사라진 작은 생명에 가슴이 뜨거워진다.

비

물이 되는 꿈

봄비가 제법 내렸다. 이른 아침부터 '오늘 숲 활동을 하는지' 묻는 메시지가 와서 바로 답을 보냈다.

"비가 많이 와도 숲에 가는 거죠?"

"네, 00 어머님. 비옷이랑 우산 모두 챙겨주세요. 젖으면 닦을 수건 하나도요."

어린이 생태작가단 친구들과 두 번째 만나는 날. 비가 와도 우리는 숲으로 간다. 오히려 언제 만날지 모르는 '비오는 숲'을 만나는 건 더욱 특별하다. 숲에선 나쁜 날씨는 없다. 나쁜 복장만 있을 뿐. 아이들 복장을 잘 챙겨 오도록 공지하고 달라진 것 없이 만나기로 했다. 나도 이것저것 챙겨서 숲으로 나섰다.

궁산 입구로 들어서니 지난달과 또 다른 숲이 우리를 반긴다. 빗방울과 봄바람과 나무와 흙이 만나 진한 숲내음을 만들어 낸다. 포근하고 신선하다. 며칠 전 만개한 벚꽃이 바람을 만나기 전에 비를 만나서였는지 금세 땅 아래로 떨어졌다. 빗방울을 머금은 꽃잎을 한 장 한 장 주워서 손 등 위에 올려놓았다. 또 하나 꽃이 되고, 금방이라도 날아갈 듯한 나비가 된다. 아이들은 얼굴이며 손에 하얀 꽃잎을 붙이고 까르르 웃는다.

'토독토독' 조금 그치는 것 같더니만, 다시 '오도도도' 여름비처럼 내린다. '톡톡톡톡' 우산 아래에서 떨어지는 빗소리가 더 크게 들린다.

"비가 많이 내리네. 우리 대피소 만들어야겠다."

챙겨간 방수천에 사방으로 줄을 매달고 나무에 묶었다. 아이도 손을 보태며 함께 대피소를 만들었다. 내리는 비를 온몸으로 맞으면서도 아이들은 힘든 기색이 없다. 비옷을 입었건만 옷깃이며 머리가 다 젖었다. 대피소 안에 앉아 젖은 몸을 닦고 비를 피했다.

그것도 잠시, 아이들은 빗물을 모으기 시작했다. 비를 막아주는 방수천 위로 빗방울이 떨어지면 또 그 천을 경사지게 만들어 빗물이 모일 수 있도록 했다. 우산을 펴서 그 안으로 빗물을 받았다. 우산 살 가운데로 물이 모인다. 벚꽃잎과 빗물이 섞이니 꽃물이다. 한 아이가 자신의 물통에 들어 있던 물을 홀짝 다 마시더니 빈 통에 빗물을 가득 채웠다. 채운 빗물을 나무에 주고 다시 빗물 채우기를 반복한다. 아이들과 빗물 모으는 것으로 숲 활동하는 시간이 어느새 다 지나가 버렸다. 비숲을 온전히 느끼는데 2시간은 너무도 짧다.

모은 빗물을 가지고 책방으로 돌아와 따뜻한 차를 마시면서 《물이 되는 꿈》이라는 그림책을 함께 보았다. 하늘에서 비가 내려 나무와 돌을 지나 흙으로 스미거나 흘러 냇물이 되고 강과 바다가 되는 물. 또 하늘로 올라가 구름을 만들고 다시 땅으로 내리는 빗물. 무엇이 되더라도 거침없고 자유롭게 어디든 갈 수 있는 꿈들이 푸른색 물감으로 그려진 아름다운 책이다. 이수지 작가의 그림도 놀랍지만, 더 경이로운 것은 노랫말. 음유시인 루시드폴은 어쩜 이리도 멋진 노래를 만들었을까.

수업을 시작하는 3월부터 유난히 비를 많이 만났던 것 같다. 덕분에 비 오는 궁산 숲에서 많은 추억을 만들었다. 새 관찰하는 것을 좋아하는 검독수리, 언젠가 꼭 여우와 함께 살고 싶은 여우, 뭐든 작고 예쁜 것을 좋아하는 흰냥이, 만들고 그리는 것에 반짝이는 참새, 모든 순간을 이야기로 만들고 싶은 베리고양이. 그리고 함께 웃어준 단풍 선생님. 숲에서 자유롭게 놀며 제 마음을 표현하는 데 주저하지 않았던 아이들. 너희 잘 지내고 있니? 그때 함께 누볐던 숲을 얼마나 기억하고 있을지. 기억 조각에 새겼던 우리들의 이야기가 너희들 마음 한편에 남아 먼 훗날 힘들고 지칠 때 마음을 적셔줄 물방울이 되었으면. 우리가 그리는 대로 꿈꾸는 대로.

비, 비가 되는 꿈

돌이 되는 꿈, 흙이 되는 꿈

산, 산이 되는 꿈

내가 되는 꿈, 바람이 되는 꿈

다시 바다, 바다가 되는 꿈

모래가 되는 꿈, 물이 되는 꿈

물, 빗물이 되는 꿈

냇물이 되는 꿈, 강물이 되는 꿈

다시 바다, 바다가 되는 꿈

하늘이 되는 꿈, 물이 되는 꿈

《물이 되는 꿈》(루시드폴/이수지, 청어람아이) 중에서

[나누고 싶은 이야기]

숲에서 갑자기 비를 만난 적이 있나요? 우산이나 비옷이
없다면 어떻게 할까요?

시

자연에서 마음 읽기

1.

이슬 이슬 투명 이슬

연잎 나뭇잎 이슬은

어디에나 있어

어디서 찾을지는

아무도 몰라

2.

대개 든든한

나무를

무지 크게 만들고

집처럼 드러누웠다

3.

꾀부리는 새

꼬꼬꼬 울고

리(이)마가 검다

4.

새들의 소리가 들린다 짹짹

새들의 날개소리 들린다 파닥파닥

나뭇잎을 밟는 소리 바스락바스락

바람이 산들거리는 소리 횡~ 횡

숲속의 음악 소리

짹파닥 짹파닥

바스락 횡 바스락 횡

5.

나무놀이터가 만들어졌다

나무놀이터는 힘세다

무시했지만 재밌다

나무놀이터

멋쟁이놀이터

이름 바꿔줄게

멋쟁이 나무놀이터

우리 친하게 지내자

6.

나무를 베는 거

목숨을 베는 겁니다

7.

검정지네는 패턴왕

주황 검정 주황 검정

구불 피고 구불 피고

이끼 돌 이끼 돌

검정지네야, 다른 패턴은 없니

(위의 시는 지난 2019년부터 숲보 선생님들과 함께 꾸리고 있는 <어린이
생태작가단>에 참여한 어린이들이 지은 시의 일부입니다.)

　아이들이 써 내려간 시에서 무얼 느끼나. 자연 있는 그
대로를 경험하고 이야기하고 있다. 솔직하고 담담하다.
표준말이 아니더라도 꾸밈말이 없더라도 그 장면이 그려
지는 걸 보면, 아이들의 눈도 마음도 이슬처럼 투명하다.

　<어린이 생태작가단>은 내가 사는 동네 가까운 숲을
탐색하고 놀면서 보고 느꼈던 순간들을 마음에 담아 글이
나 그림, 시, 노래 등으로 표현한다. 좋아하는 것도, 관심

있는 것도 모두 다 다르다. 아이마다 지닌 호기심과 감수성을 조금씩 꺼내어 보면 누구는 시인, 누구는 건축가, 누구는 화가, 누구는 노래 짓는 사람, 누군가는 새를 사랑하는 사람이 되어 있다.

아이들은 숲에서 나와는 별로 상관없다고 생각했던 곳을 차츰 들여다보기 시작한다. 그곳에 사는 생명에게 말을 걸고 마음을 나눈다. "검정지네는 패턴왕. 주황 검정 주황 검정. 검정지네야, 다른 패턴은 없니?" 아이가 궁금해했던 검정지네는 이끼 낀 돌 틈에서 발견한 '왜구리노래기'였다. 마디마다 색이 반복적으로 나타난 것이 눈에 띄었나 보다. 예쁜 색깔을 찾고 싶었던 아이의 마음이 담겨 있다.

"나무놀이터 멋쟁이놀이터. 이름 바꿔줄게. 멋쟁이 나무놀이터. 우리 친하게 지내자." 떨어질까 봐 무서웠지만 조금씩 용기를 내어 나무를 오르고 매달렸던 아이는 나무에게 멋지다고, 친하게 지내자고 했다. 두려움을 이겨내고 해낸 자신이 멋지고 뿌듯했을 아이의 마음이 엿보인다. 더 많은 아이에게서 꺼내고 싶은 마음이다.

[나누고 싶은 이야기]

유니세프가 발표한 자료를 보면 <한국 어린이가 하고 싶은 바깥놀이 50>이 있어요. 달리기, 한발뛰기, 술래잡기, 소꿉놀이, 무궁화꽃이피었습니다, 낙엽밟기, 동식물과 친구하기, 돌탑쌓기, 가위바위보, 꼬리잡기, 보물찾기, 흙놀이 등. 아이들은 놀면서 자라납니다.

'그림자밟기 놀이' 해본 적 있으세요? 술래가 쫓아와 그림자를 밟으려고 할 때 더 넓은 그림자에 숨거나, 방향을 바꿔서 그림자를 사라지게 하면 돼요. 신나게 뛰어놀 수 있어 아이들과 자주 하는 놀이랍니다.

나무가 우거진 숲에서 '그림자만 밟기 놀이'를 해보세요. 발뒤꿈치를 들고 땅 위에 그려진 그림자만 밟고 이동하면 된답니다. 평소에 살펴보지 않았던 그림자를 보면서 나뭇가지 모양이나 나뭇잎 모양을 다른 방법으로 탐색할 수 있어요.

잎

내가 만난 나뭇잎

동네 숲에 작은 약수터가 하나 있었다. 지금은 '음용 금지'라는 안내문과 함께 이곳을 이용하는 사람이 없지만 수년 전까지만 해도 물이 나왔다. 한여름에 근처로 가면 촉촉하고 시원한 공기가 맴돌았다. 유난히 싱그러운 그곳에서 동박새도 만났다. 이끼 낀 돌 틈으로 똑똑 떨어지는 물방울이 그들의 음료수. 작은 샘물이 따로 없는 숲에서 이곳은 새들이 마른 목을 축이고 쉬었다 갈 수 있는 공간이다.

여름이 깊어 갈수록 약수터 양지바른 곳에는 칡넝쿨이 뒤엉켜 있다. 칡은 커다란 잎사귀로 연둣빛 지붕이며 초록 막(커튼)을 만든다. 3장의 잎이 서로 겹치지 않는 모양으로 나오는데 잎 가장자리도 얕게 세 갈래로 갈라져 꼭나비 날개가 펼쳐진 듯하다. 가운데 잎자루는 다른 두 잎에 비해 길게 올라와 있다. 모두 햇빛을 골고루 받기 위한 칡의 지혜로움. 잔털이 많은 칡 잎은 얇고 부드러워서 애벌레들이 먹이로 많이 찾는다. 나도 잎 하나를 떼어내어 3등분으로 접고 앙앙 지그시 이로 물어보았다. 다시 펴보니 반복되는 무늬가 누가 다녀간 흔적처럼 선명하게 남아있다.

칡잎 못지않게 잎에 털이 많은 나무라면 아마도 복자기

아닐까. 복자기는 단풍나무 가족이지만 잎이 좀 다르게 생겼다. 칡처럼 3장의 잎이 따로 나오는데 길쭉하고 끝이 뾰족하다. 잎 가장자리와 뒷면 잎맥, 잎자루에 모두 보송보송한 털이 만져진다. 꽃이랑 함께 나는 어린잎에도 하얀 털이 빽빽하게 나 있다. 열매는 어떤가. 날개를 단 열매에도 잔털이 있다. 손끝으로 만지면 동물 털 쓰다듬는 것처럼 보드랍다. 이쯤 되니 털북숭이 복자기라고 부르고 싶군.

여름 태풍이 지나간 자리, 야외학습장 데크에 복자기 잎과 초록 열매가 많이 떨어져 있다. 한 아이가 열매를 주워 하늘 위로 높이 던졌다. '횡~', '툭!'

"잉? 뭐야. 왜 안 돌아가는 거지?"

지난가을 열매를 날려본 경험이 있던 아이는 이 열매가 헬리콥터 프로펠러처럼 빙그르르 돌며 떨어질 줄 알았나 보다. 하지만 나무에서 떨어진 지 얼마 안 된 초록 씨앗은 아직 마르지 않은 생생한 것. 물기가 남아 있으니 씨앗 주머니 있는 쪽이 무거웠던 것이다. 바람을 타고 날아가는 적당한 때를 기다려야 하는데 너무 빨리 떨어졌다. 아이들은 떨어져 있는 기다란 잎과 열매를 하나씩 이어 바닥에 꼬부랑 길을 만들었다. 초록길이 생겼다. 가보자. 천천히.

어릴 적 기억 속의 나무 하나가 있다. 아버지 고향 집 마당에 있는 감나무 한 그루. 방학이나 명절 때 시골에 내려가면 가족들을 정겹게 반겨주던 나무다. 가지마다 주렁주렁 열린 감을 따 먹던 기억이 또렷하다.

감 따기는 사촌오빠들의 몫이었다. 사다리를 타고 나무 줄기에 몸을 기대어, 장대로 감꼭지가 달린 가지를 돌려따기를 수십 번 하면 어느새 마당 한편에는 주홍색 단감이 수북하게 쌓였다. 난 높은 가지에 달린 감을 올려다보며 침만 꼴깍꼴깍 삼키던 꼬맹이였다. 막 딴 감을 옷에 쓱쓱 문질러 껍질을 깎고 한 입 베어먹는 맛이란.

큰아버지는 감이랑 밤이 한가득 들어 있는 상자 보따리를 꼭 챙겨주셨다. 일곱 형제 중 막내인 아버지는 형들의 무심한 듯 다정한 보살핌을 받았고, 그 사랑은 고스란히 우리에게도 전해졌다. 오랜 세월 동안 달콤한 열매를 선물해 준 감나무는 대가족의 안녕과 행복을 기원하는 가족나무로 그 자리에서 다음 해 가을을 기다리고 있다.

늦가을 동네 숲에서 감나무를 만나면 마음이 홍시처럼 말랑거린다. 단풍이 든 감나무 잎이 그렇게 예쁜 줄 미처 몰랐다. 아마 어린 시절에 잎을 그렇게 자세히 들여다보지 않아서 그랬을지도 모르겠다. 잎은 초록이요, 열매는 주홍색이었으니까.

떨어진 감나무 잎에는 붉은빛, 주황빛, 노랑, 연두, 초
록빛, 검정, 나뭇잎에서 볼 수 있는 빛깔은 다 들어있다.
그 빛깔의 조화가 너무 아름답고 선명해 넋놓고 바라보게
된다. 넓고 둥근 잎들에서 조금씩 드러나는 단풍색이 알
록달록하다. 초록 알갱이 엽록소는 사라지고 원래 가지고
있던 고유한 색들도 점점 갈색으로 변해간다.

감잎 하나 손에 들고 옅은 가을 햇살에 비춰보니 물과
양분이 오가던 가느다란 잎맥이 뚜렷하다. 마치 가지 많
은 나무 하나가 있는 것 같다. 잎에서 나무가 보인다. 감
나무 잎 하나에 자연의 아름다움이 한가득.

[나누고 싶은 이야기]

어떤 색깔을 좋아하세요? 당신 안에 고유한 색을 찾았나요?

균

작은 것들이 만들어 낸 세상

"여기 봐요. 버섯이 나뭇잎 모자 쓰고 나왔어요."

"어머, 그러네."

이제 막 땅을 뚫고 올라온 버섯 위에 낙엽이 얹혀 있는 것을 보고 아이는 '나뭇잎 모자 쓴 버섯'이라 한다. 그 옆으로 비슷하게 생긴 버섯들이 올라와 있다. 얼마 전까지 못 보던 모습인데 느닷없이 눈 앞에 펼쳐진 광경이 신기할 따름.

비 온 뒤 여름 숲은 온통 버섯 세상이다. 땅 위로 나무 아래로 곳곳에서 반짝이는 버섯을 만난다. 그들에게 무슨 일이 일어나고 있는지 조금만 들여다보면 숲을 다른 눈으로 볼 수 있다. 버섯은 우리가 모르는 사이에 자라나 숲에 숨을 불어 넣어 주는 놀라운 생명이다.

2022년 여름 어느 날, 〈버섯이끼팬클럽〉 참가자들과 함께 동네 숲에 올랐다. 더워도 너무 덥다. 모자를 쓴 머리에 땀이 홍건하다. 흐르는 땀 닦고, 덤벼드는 모기들 쫓고 정신이 없다. 하지만 버섯을 보겠다는 마음을 꺾을 순 없지. 〈버섯이끼팬클럽〉은 동네 숲에 버섯과 이끼, 지의류 같은 작은 생명이 살아가고 있는 모습을 천천히 바라보고 싶은 사람들의 모임이다. 어른이든 아이든 상관 없다. 전문가가 아니어도 좋다. 며칠 동안 내렸던 비가 온 땅을 촉촉하게 만들었다.

오솔길에서 처음 마주한 것은 갓 빛깔이 붉고 아담하게 둥근 모양을 가진 어린 버섯. 이 버섯을 발견하고도 바로 이름을 적을 수 없었다. 잘 모르는 버섯이니 좀 더 꼼꼼히 살펴보기로 했다. 우선 본 대로 느낌대로 '빨강 송이'라 불렀다. 나무 계단 옆에서 다 자란 '빨강 송이' 하나를 또 발견했다. 아까 본 어린 버섯과 비슷하게 붉다. 기다란 자루는 휘어지고 펼쳐진 갓 아래쪽 주름살은 구멍이 송송 나 있다. '아! 그물버섯과겠군.' 겉은 보드랍고 눅눅하다. 스펀지처럼 폭신할 것 같다. 만지지 않고 그냥 눈으로 본다. 구멍 안으로 작은 벌레들이 숨어든다.

우리 눈에 보이는 버섯은 그게 전부일 것 같지만, 버섯 형태를 띠는 것은 한살이 중 잠깐이다. 대부분은 가느다란 실 모양 균사체로 땅이나 썩은 나무, 낙엽 더미 흙 밑에서 살다가 적당한 온도와 습도를 만나면 버섯의 모습으로 피어나 제 포자(홀씨)를 퍼뜨린다. 버섯은 식물도 동물도 아닌 균류. 식물처럼 광합성을 하며 스스로 영양분을 만들 수 없다. 대신 죽은 나무나 낙엽, 동물 사체같이 자연이 만들어 낸 것을 분해해 다시 다른 생명이 살아가는 데 필요한 영양분을 만들어 준다. 때론 나무와 공생하며 서로에게 필요한 것을 주고받는다. 낙엽 더미 사이에 있는 버섯을 관찰하다가 하얀 실 같은 것이 뭉쳐있는 게 보였다. 균사(팡이실)가 서로 촘촘하게 얽혀 덩어리가 된 균사체다. 그들이 만든 땅속에 거대한 세상을 상상해 본다. 땅 깊은 곳으로 얼마나 멀리까지 뻗어 나갔을까. 어떤 나무 뿌리와 만나 서로 인사 나누었을까.

코코넛 깔개 위에 둥그렇게 핀 버섯을 나뭇가지로 건드리니 위쪽 작은 구멍에서 먼지 같은 것이 폴폴 퍼져 나온다. 어리알버섯의 홀씨다. 우린 이 버섯을 '강냉이버섯'이라고 불렀다. 상수리나무 굵은 줄기에 초록 이끼 사이로 핀 하얗고 조그만 애주름버섯을 보고 '개미우산버섯'이라고 이름을 붙였다. 이렇게 버섯을 관찰하고 생김새나 떠오르는 이미지를 넣어 버섯 이름을 붙여보니, 재미있기도 하고 기억하기도 쉽다.

쓰러진 나무에 꽃같이 핀 구름버섯, 나뭇가지에 올망졸망 붙어 있는 때죽조개껍질버섯, 금방이라도 녹아내릴 듯한 먹물버섯, 한 줄로 줄지어 난 혀버섯, 산호초 같은 싸리버섯. 걷다가 보면 다른 버섯, 뒤돌아보면 또 다른 버섯. 동네 숲에 이렇게 많은 버섯이 살고 있을 줄이야. 제 포자를 잘 퍼뜨리기 위해 다양한 형태와 색깔, 무늬를 띠는 버섯. 알면 알수록 놀랍고 대단하다.

민트색 지의류가 덮인 나무 밑동에서 구름버섯 하나를
만져보았다. 단단하고 질기다. 이들은 죽은 나무에 리그
닌을 분해해 빨리 흙으로 돌아갈 수 있게 돕는다. 자연생
태계에 식물과 동물만 살고 버섯이나 균류가 없었다면 아
마 숲에는 쓰러진 나무와 죽은 동물로만 가득해 지금처럼
형형색색 아름다운 숲을 볼 수 없었을 것이다. 하지만 걱
정하지 않아도 된다. 숲은 우리 눈에 보이지 않는 아주 작
은 존재들이 멋지고 거대한 세상을 만들고 있으니까.

[나누고 싶은 이야기]

지의류를 본 적 있나요? '땅의 옷'이라고 불리는 지의류는 나무껍질에, 나뭇가지에, 바위에, 시멘트 길에, 건물 외벽 등 우리 주변에서 쉽게 볼 수 있어요.

곰팡이인가 이끼인가 스쳐 지나갈 수 있는 희미한 존재이지만, 지구 거의 모든 환경에 적응하며 자라고 있는 지의류는 곰팡이인 균류와 광합성을 할 수 있는 조류(algae)가 서로 도우며 함께 살아가는 독특한 생명체랍니다.

생물이 살아가기 힘든 환경에서도 가장 먼저 들어와서 자리 잡고 다른 생명이 살아가는 데 필요한 영양분과 자리를 만들어 줍니다. 모든 생명체가 그러하겠지만 지의류 또한 숲에 없어서는 안 될 존재예요.

돌

돌고 돌아 땅 이야기

"어이쿠, 뭐가 이렇게 무거워."

작은아이 7살 때였다. 가방 앞주머니가 무겁길래 '뭔가' 하고 꺼내보았더니 숲에서 주워 온 돌이 한가득하다.

"이 돌멩이 뭐야?"

"응, 오늘 나랑 재미있게 논 친구들이야."

"그렇다고 집에 가져왔어?"

"더 놀고 싶은데 내려와야 해서, 그냥 데리고 왔어."

숲유치원을 다녔던 아이 가방과 바지 주머니에는 그날 숲에서 즐겁게 놀았던 흔적들이 단서처럼 숨어 있었다. 돌멩이나 열매, 나뭇가지가 들어있기 일쑤였고, 흙먼지가 그득 묻어 있으면 '오늘 땅이랑 오래 붙어 있었구나.' 싶었다. 아이가 가져온 돌멩이들 사이에서 보이는 동글동글 하트 모양 돌을 집어 가만히 움켜줬다. 조금씩 내 온기를 나누어주고는 책장 위에 살포시 올려놓았다.

아이는 숲에서 새 소리를 듣고 바람을 느끼며, 햇살의 따스함과 흙냄새를 온몸으로 담았을 테다. 발바닥에 와 닿는 울퉁불퉁한 돌부리와 부드러운 흙 사이에서 찾은 돌멩이 하나에 홀려서 하루 종일 친구들과 이야기꽃을 피웠을 것이다.

돌이켜보면 나도 돌멩이랑 노는 걸 좋아했던 것 같다.

문방구에서 파는 공기 알이 있는 데도 굳이 작고 동그란 돌멩이를 주워 공기놀이했다. 또래 친구들보다 손이 작아서 돌 공기가 한 손안에 다 들어오려면 크기가 그만큼 작아야 했다. 줍고 내려놓고 줍고 내려놓고를 몇 번이고 반복하고 나서야 손안에 딱 맞은 돌들을 얻을 수 있었다. '음, 좋아. 이제부터 너희들은 내 공기 알이다.' 손바닥 안으로 쏙 들어오는 돌멩이를 굴리는 느낌이 좋아 공기놀이가 끝나도 돌멩이는 손에서 떠날 줄 몰랐다.

소꿉놀이하면서 하루 종일 돌을 갈았다. 붉은색 돌을 가니 붉은 가루가 나오는 게 신기했다. 단단한 돌일수록 잘 안 갈리고 무르고 가벼운 돌이 더 잘 갈렸다. 친구가 빛깔 고운 돌을 가져오면 난 벽돌이나 시멘트 바닥에 대고 '쓱싹쓱싹' 문질렀다. 손이 닳도록 갈다 보니 봉긋하게 쌓인 돌가루가 꼭 개미 언덕 같았다. 어두워진 줄도 모르고 놀이터 한편에서 돌멩이를 가지고 놀던 그때가 문득 떠오른다.

지난해 여름 〈지구색 물감, 클레이 컬러칩 워크숍〉이란 외부 프로그램에 참여한 적이 있다. 시작 전부터 이렇게 설레고 신나는 게 얼마 만이던가. 《우정의 언어예술》저자이자 예술교육실천가인 공윤지 님의 환경예술교육 활동 여정을 엿볼 수 있는 워크숍이었다. 최근 흙 물감에 관심이 많았던 터라, '우리 동네 흙, 풀, 꽃, 돌 색깔을 탐구한다'는 문장에, 단번에 마음이 끌렸다.

그는 런던 지역 곳곳의 흙이나 스발바르 바닷가의 돌들이 얼마나 다양한 색을 뿜내고 있는지를 보면서 흙의 색에 관심을 가지게 되었다고 했다. 우리가 살고 있는 지구는 다양한 형태의 돌로 둘러싸여 있다. 큰 바위가 돌덩이로 돌덩이가 돌멩이로 돌멩이가 자갈돌로 자갈돌이 모래알로. 돌이 여러 차례 깨지고 부서져 공기와 물과 부산물들이 뒤섞이고 비로소 흙이 되어준 덕분에 지구의 생명들은 어머니 대지를 터전 삼아 살아가고 있다. 우리는 지금어떤 색깔의 땅에 살고 있는 걸까.

각자 살고 있는 삶터 속에서 흙을 한 줌씩 가져오기로했다. 며칠을 바싹 말려 물기를 없애고 고운 거름망으로흙을 걸렀다. 난 동네 숲에 사는 때죽나무 뿌리 밑에서 파낸 흙과 소나무 아래 흙더미를 가져갔다. 궁금했다. 활엽수와 침엽수 아래 흙의 색깔이 다를지, 다르다면 왜 다른지. 흙가루를 몇 번 더 걸러 부드러운 입자로 만든 후 몇가지 재료를 더해 섞으니, 세상 하나뿐인 우리 동네 흙 물감이 완성됐다. 때죽나무 뿌리 곁에 흙은 짙은 갈색을, 소나무 아래 흙더미는 검은색에 가까운 고동색을 띠었다. 참가자들이 만든 흙 물감은 비슷하긴 해도 같은 빛깔을 띠는 건 없었다. 그렇게 저마다 특별한 이야기와 장소가 담긴 '지구색 물감'이 만들어졌다.

자연과 예술을 넘나드는 호기심으로 주변을 탐색하며 흙의 색깔을 모으는 시간이 정말 흥미로웠다. 우리가 살고 있는 땅의 색깔을 보며 지난 시절 쪼그리고 앉아 열심히 돌을 갈던 그때로 돌아간 느낌이다. 돌고 돌아 흙이 된 이야기.

"가만히 가슴을 열고 한 그루 나무가 되어보거나 꿈꾸는 돌이 되어봐야 한다. 그래서 내가 대지의 일부라는 사실, 대지 또한 오래전부터 나의 일부였다는 사실을 깨달아야 한다. 대지는 보이지 않는 정령들로 가득 차 있고, 부지런히 움직이는 곤충들과 찬란한 햇빛이 내는 소리로 가득 차 있기에 그 속에서는 그 누구도 혼자가 아니다."

《인디언의 속삭임》(김욱동, 세미콜론) 중 델라웨어족 인디언의 말 중에서

[나누고 싶은 이야기]

물과 바람이 어루만질 때마다 조금씩 작아지는 돌멩이. 당신이
주운 돌멩이는 그 전에 어떤 모습이었을까요?

달

계절의 흐름

생명이 움트는 봄, 따뜻한 햇볕에 초록 기운 가득 찬 여름, 알록달록 빛깔이 고운 가을, 추위가 깊어 갈수록 고요한 쉼이 있는 겨울, 그리고 또다시 돌아와 새로운 봄.

〈마음숲놀이터〉에 오는 아이들은 한 달에 한 번 동네 숲으로 들고 나며 자연을 만난다. 숲에 사는 생명이 어떤 모습을 하고, 어떤 몸짓을 하고 있는지, 계절에 따라 무엇이 달라졌는지 살펴본다. 아이들은 숲 선생님 안내에 따라 궁산 숲의 모습을 온몸으로 담는다.

3월 생명이 움트는 달. 경사진 땅을 오르내리며 물이 차오르는 봄을 느낀다. 겨우내 건조했던 땅에서 생명력이 꿈틀대는 것을 가까이에서 마주한다. 아이들은 나무 새순을 보며 봄을 느낀다. 때죽나무 새순이 초록빛 기운을 송글송글 뿜어내는 모습은 마치 촛불 같다. 은사시나무에서 막 떨어진 수꽃도 보고, 까치 깃털을 햇빛에 요리조리 움직이면서 아름다운 빛깔을 탐색한다. 겨울눈을 가르고 움튼 철쭉 새순에는 끈적한 무언가가 있다. 곤충으로부터 새순을 보호하기 위해 만든 '샘털'이다. 아이들은 손으로 직접 만져보고 그 끈적함을 느낀다. 가벼운 나뭇가지나 나뭇잎을 붙여보기도 한다. "붙어요. 붙어요." 입김으로도 잘 안 떨어진다. 철쭉 새순에 붙은 풀벌레를 조심스레 탈

출시켜준다.

4월 나무꽃 풀꽃들이 잔치하는 달. 노란 꽃 애기똥풀과 괴불주머니가 풀밭에서 춤을 추고 있다. 아이들은 괴불주머니에 '바나나꽃', '노란주머니꽃'이란 이름을 붙인다. 어울리는 이름이다. 지난달보다 더 다양한 색깔과 모양의 자연을 마주한다. 점점 애벌레가 많이 보이기 시작했다. 나무 위에서 실 타고 내려온 애벌레를 '후' 입김으로 그네를 태운다. 몸을 접었다 폈다 앞다리 뒷다리를 옮기며 이동하는 자벌레. 아이들은 가만히 그 모습을 바라본다. 살짝 만져보려다 떨어진 애벌레를 다시 구출해 나뭇잎으로 조심히 옮겨준다. 새로 나온 벚나무 잎, 참나무 잎을 야금야금 열심히 먹고 있는 애벌레. 두꺼운 사철나무 잎을 먹고 통통해진 애벌레. 먹는 것도 움직이는 것도 쉬고 있는 것도 살아가는 모습이 다 다르다. 구름 조각처럼 날리는 은사시나무 씨앗, 면봉처럼 생긴 노린재나무 꽃봉오리, 얇은 콩깍지 같은 아까시나무 열매도 하나씩 눈에 담고 탐색한다. 박새가 찌르찌르 뷔뷔 찌르찌르 뷔뷔 노래를 부른다. 박새는 짝을 찾느라 바쁘고, 우리는 숲을 누비느라 바쁘다.

9월 처서가 지났는데도 더위는 사그라들 줄 모르고 매

미 소리는 여전하다. 여름을 보내고 온 아이들이 부쩍 큰 느낌이다. 봄부터 오른 동네 숲이 조금씩 익숙해지니 다른 길로 탐험에 나섰다. 곳곳에 무당거미들이 집을 짓고 살고 있다. 궁산 정상에 도착해 너른 잔디 위에 몸을 뉘어 땀을 식힌다. 떠가는 구름 보며 바람을 맞으며 가을이 오고 있음을 느낀다.

10월 가을 열매 가득한 달. 한 달 만에 궁산 숲은 어떻게 변했을까. 나뭇잎 색도 많이 바뀌고 가을 열매도 다양해졌다. 목련 열매를 발견한 아이들은 저 반짝이고 빨갛고 단단한 열매를 누가 먹을까 궁금해한다. 그러다 청서를 만났다. 나무에서 내려와 도토리를 찾는 청서. 나무타기 선수 청서가 어디까지 가는지 오랫동안 지켜본다.

도토리나무가 많은 곳에서 도토리 모자 가게가 열렸다. "도토리 하나 가져오면 멋지게 맞는 모자 하나 드립니다." 동생들이 올망졸망 도토리를 하나씩 가져오면 형님들은 모자를 맞춰주고, 도토리 표정까지 그려준다. 옆에서는 도토리 각두로 높은 탑을 쌓아 올린다.

11월 울긋불긋 단풍이 든 나뭇잎으로 땅바닥에 무지개를 만든다. 겨울을 준비하는 나무들이 떨어뜨린 낙엽이 수북하게 쌓였다. 낙엽으로 산을 만들어 폴짝폴짝 뛰어본다. 힘들면 낙엽이불을 덮고 잠시 눈을 감는다. 이번 달도 다시 정상. 억새가 활짝 피었다. 마른 억새꽃을 터니 작은 갓털을 단 씨앗들이 바람 타고 날아간다. 나뭇가지에 억새 몇 뭉치 달았더니 진짜 마법사 빗자루. 저 멀리 날아 가 볼까.

12월 코끝이 시리고 손끝이 얼어도 숲을 탐색하는 눈은 반짝인다. 찬바람을 피해 땅속으로 돌 틈으로 나무 틈새로 들어가 겨울잠을 자는 숲속 친구들에게 힘내라고 말해 주는 아이들. 추운 겨울 잘 보내고 다시 만나자.

계절이 지나가는 것을 느끼고 숲의 시간을 온몸으로 담은 아이들 나무에 아름다운 기억들이 마음 속에 켜켜이 쌓이고 있다.

[나누고 싶은 이야기]

봄이 왔다고 느낄 때가 언제인가요?

밤

밤 숲의 안부

숲해설가 전문과정을 마치고 나니 공부해야 할 것들이 더 많이 생겼다. 겨울에는 나무의 겨울눈을 보러 다니고, 봄에는 꽃 보러 다니고. 그때 당시 동네 숲에서 아이들을 만나기 시작했는데 산림교육전문가라는 말이 무색하도록 알고 있는 게 별로 없는 것 같았다. 숲 생태계를 이루고 있는 생명을 이해하는 데 좀 더 시간이 필요한 것 같아 틈나는 대로 특강을 들었다.

2016년 여름, 숲연구소 생태특강을 신청했다. 강사님을 따라 공원으로 숲으로 곤충 탐사를 다녔다. 현장에서 직접 관찰하면서 곤충을 알아가는 시간이 즐거웠다. 어스름한 저녁, 매미 애벌레가 땅속에서 기어 나와 나무 위로 올라가고 허물을 벗고 날개를 말리는 것을 내 눈으로 볼 수 있다는 게 신기했다. 어둠 속에서 넓적배사마귀가 금방 낳은 알집을 본 순간은 잊을 수 없다. 알집의 모양도 무늬도 색깔도 처음 보는 것이라 기억 속에 더 또렷하게 남았다. 그렇게 보고 나니 집 주변에서도 쉽게 만날 수 있는 장면이라는 걸 알았다.

야간탐사 마지막 수업은 북한산으로 향했다. 가족들과 함께여도 좋다는 강사님의 제안에 식구 넷이 모두 따라나섰다. 늦은 7시, 모임 장소에서부터 천천히 걸어가면서 숲에 있는 곤충들을 만났다. 먼저 숲 가장자리에서 왕사슴벌레가 인사를 건넨다. 나무껍질 틈 사이에 숨어서 나올까 말까 망설이는 모습에 웃음이 났다. 그 옆으로 딱지날개에 노란 점무늬가 있는 아이, 이름도 너무 낯설다. 고려나무쑤시기.

다음은 참나무 잎을 즐겨 먹는 왕거위벌레. 목이 예쁘게 길다. 암컷은 참나무 잎으로 요람을 만들고 그 안에 알을 낳는단다. 주변 상수리나무 가지에 매달려 있는 요람들을 찾았다. 가위로 자른 듯 잎맥만 남기고 잎으로 둘둘 말았다. "진짜, 멋지다." 큰아이가 신기해한다. 큰아이 작은아이 아기였을 때 직접 만든 겉싸개 이불에 몸을 감싸서 재웠던 게 떠올랐다.

어둠 속에서 곤충을 찾는 데 가져간 손전등이 역할을 톡톡히 했다. 나무껍질에 남모르게 붙어 있던 밤나방 눈에 빛이 반사되어 반짝였다. 불빛이 있으니 온갖 나방들이 몰려든다. 그때 갑자기 날아든 검은 무언가. 넓적사슴벌레였다. 덩달아 도토리거위벌레도 큰 불빛에 반응해 날아왔다. 집게벌레, 명나방, 매미나방, 방아벌레, 풍뎅이, 30분 남짓 어둠이 깔린 숲 가장자리에서 이렇게 많은 곤충을 볼 줄이야. 우리 가족은 평소 볼 수 없던 곤충들을 봤다는 기쁨에 탐사 내내 배시시 웃기만 했다.

강사님이 또 다른 곤충을 보여주신다. 관찰통 안에 얌전히 있는 아이는 녹색강도래. 처음 숲 공부할 때 수서곤충 채집하던 날 강도래 애벌레를 만난 적이 있는데, 강도래의 어른벌레는 첫 대면이다. 진짜 강아지 얼굴처럼 생겼잖아. 점점 계곡 근처로 가고 있다는 게 느껴졌다. 나무 줄기를 뒤덮은 초록 이끼가 밤에 보니 더 짙구나. 그 사이로 피어난 작은 버섯들은 별이 반짝이는 것 같았다.

오늘 야간탐사의 가장 기대되는 시간. 늦반딧불이 서식지를 찾아가는 길이다. 이제부터는 모든 빛을 차단해야 한다. 전등, 헤드랜턴, 휴대전화까지 모두 끄고 달빛에 기대어 천천히 걸어보기로 했다. 작은아이는 아빠 손을 꼭 잡고, 큰아이는 엄마 팔을 잡고서 서로를 의지하며 걸었다. 앞이 잘 보이지 않으니, 귀가 더 쫑긋해진다. 나지막이 들리던 대화 소리도 뚝 끊겼다. 풀 향기 폴폴 나는 곳을 지나니 풀벌레 소리가 요란하다.

다리 하나를 건너 빈터에 도착했다. 모두 그 자리에서 빛을 기다렸다. 강사님은 우리나라에 짝짓기를 위해 꽁무니에서 빛을 내는 반딧불이가 3가지 종류가 있는데, 이곳에 사는 늦반딧불이는 8월 이후 볼 수 있다 했다. 숲의 요정이 밝히는 불빛을 보고 싶었지만, 아쉽게도 우리는 늦반딧불이를 만나지 못했다. 괜찮다. 함께 깊은 숲을 거닐며 곤충 세상을 엿본 것만으로도 충분하다고 생각했다. 뿌듯한 마음 안고 내려오는 길. 바위 이끼 틈에서 움직이는 작은 생명을 발견했다. "와. 꼬리치레도롱뇽이잖아." 매끈하고 촉촉한 피부에 노란 무늬가 두드러진다. 늦반딧불이를 만나지 못한 아쉬움은 사라지고 꼬리치레도롱뇽을 만난 기적 같은 놀라움에 집에 돌아오는 길 내내 또 배시시.

북한산 야간탐사를 다녀온 후 우리 가족은 곤충과 더 가까워졌다. 낮이나 밤이나 산책길에 만나는 곤충들에게 다정한 안부를 건넨다. 안녕. 또 만났네.

[나누고 싶은 이야기]

밤에 가까운 숲으로 가본 적 있으세요? 밝은 낮에 볼 수 없었던 또 다른 자연 풍경이 기다리고 있어요.

3장

차
곡
차
곡

그
리
는

숲

길

우리 동네 나무 이야기

2023년 12월 '궁산 나무지도'를 완성했다. 아마도 궁산 숲은 지난 한 해 동안 가장 많은 시간을 보내고 발걸음을 옮긴 곳일 것이다. 수십만 보를 걸으며 얻은 노력의 결과라 생각하니 마음이 뭉클하다. 5월부터 시작해 꼬박 6개월을 다니며 길을 그리고 수종을 조사하고 기록했다. 여름내 숲을 누비며 모기에게 물린 자국은 연하게 흔적만 남았고, 갑자기 쏟아지는 비를 맞으며 이동했던 숲길은 마음속에 추억으로 남아 있다.

〈우리 곁에, 나무와〉는 삶터 주변에 사는 나무를 가만히 들여다보고, 천천히 마주하려고 시작한 책방 프로젝트다. 2023 강서 N개의 서울 - 지역거점 지역문화 조성 사업 목적으로 진행했다. 지키고 싶은 우리 동네 나무 이야기와 궁산 나무지도를 A3 종이 한 장에 담았다.

책방과 궁산 사이에 길을 따라 사라지고 남겨진 나무들을 그림과 짧은 글로 남기기로 했다. 사람들이 곁에 있는 나무 존재조차도 신경 쓰지 않는 모습이 안타까웠고, 다양한 생명과 더불어 사는 나무에 조금이라도 관심을 가지고 경이로움을 느낄 수 있기를 바랐다. 그 마음이 길 위의 시작점이다.

동네에서 이 나무를 기억하는 사람들이 얼마나 될까.

길모퉁이에 우뚝 서 있던 이태리포플러는 역사문화거리가 만들어지기 전 안전상 문제로 베어져 이제 그 자리에 없다. 작은 새들이 머무는 정거장이었고 커다란 까치둥지를 품고 있던 키 큰 나무를 다시 기억 속에서 꺼냈다.

책방 뒤편에 성주우물터 은행나무는 동네에서 보기 드문 고목으로 450년이나 된 보호수이다. 지금은 관리도 잘 안 되고 겨우 버티고 있는 것처럼 보이지만, 겸재 정선이 그린 진경산수화에도 등장했던 뿌리 깊은 나무이다. 황금빛으로 물든 노거수의 멋진 수형을 오래도록 보고 싶은 마음에 그 모습을 그대로 그려놓았다.

궁산 산책길을 따라 나무 수백 그루 위치를 일일이 기록했다. 상록교목(늘푸른큰키나무), 낙엽교목(갈잎큰키나무), 상록관목(늘푸른떨기나무), 낙엽관목(갈잎떨기나무) 등으로 구분하고 세 그루 이상 연이어 위치한 나무는 군락으로 표시했다. 물론 길 안쪽 나무는 제외했다. 궁산이야 자주 다녔기 때문에 어디쯤 어떤 나무가 있다는 것은 알고 있었지만, 지도 위에 어디쯤 찍어야 하는지, 겹치지 않도록 어떻게 표시해야 하는지 확인하는 데 시간이 꽤 오래 걸렸다. 오르락내리락, 조사하고, 목록을 정리하고, 지도에 표시하고, 위치가 정확하지 않으면 다시 가서 조사하고. 수십 번 반복되는 과정이 힘들었지만, 지치지 않았다. 오히려 나무를 보는 시간이 즐거웠다. 오래도록 보아만 왔던 나무들을 기록으로 남기는 것도 의미 있는 일이라 여겼다. '이 나무가 여기에 있었군.' 하며 새롭게 발견하는 것도 제법 있었다. 조사 목록으로 적은 나무만 해도 90종이 넘는다.

"나무 공부하시나 봐요."

"아, 네. 나무 조사하고 있어요. 궁산에 어떤 나무들이 있는지 기록하는 중이에요."

"구청에서 나오셨어요?"

"아뇨, 책방에서요."

"엥? 책방이요?"

길에서 마주쳤던 한 분이 우리가 나무를 이리저리 살피고 있는 모습을 보고 슬그머니 아는 나무가 있는 곳을 알려준다.

"저쪽에 가면 명감나무 있어요."

"영감나무요?"

"아니, 명감이요."

"명감나무요. 명감나무가 뭐였더라. 아, 청미래덩굴인가요?"

"아이고……. 몰라. 우리는 명감나무라 부르는데, 그게 약으로 쓰여요."

"네, 감사해요. 저희가 찾아볼게요."

우리는 나무에 깃들어 사는 새며 곤충, 버섯과 이끼, 지의류, 청설모 같은 작은 동물까지 그들이 이룬 숲을 서식지로써 헤아리려 애썼다. 아까시나무 잎에 대롱대롱 매달려 있는 노랑배거위벌레의 요람을 보며 대견하다고 손뼉 쳐 주고, 벚나무 열매 버찌가 검붉게 익기도 전에 떨어져 직박구리가 먹을 게 없을까 봐 걱정했다. 살구나무에 사는 푸른 이끼와 지의류들은 바라보는 것만으로도 그저 행복이고, 비 온 뒤 잣나무 숲에 피어오른 버섯들을 그냥 지나치지 않았다. 나무의 얼굴 같은 수피(나무껍질)는 다 만져보았던 것 같다.

은사시나무, 잣나무, 물푸레나무, 층층나무, 때죽나무, 상수리나무, 계수나무, 복자기는 지도에 8개 특별한 지점으로 표시하고 좀 더 자세히 살펴보았으면 하는 것들을 설명해 놓았다. 지도랑 숲을 향한 애정만 있으면 누구라도 즐길 수 있도록.

나무지도라는 걸 처음 만들어 보는 터라 막막했는데, 함께한 애벌레 선생님이 워낙 꼼꼼하고 공간 감각이 좋아지도에 길을 그리는 것도, 위치를 표시하는 것도 완성도 있게 만들 수 있었다. 궁산을 잘 알고 있는 느티 선생님과 디자인 작업하니 훨씬 수월했다.

지도가 거의 완성되고, 마지막 감수하던 11월 어느 날. 지난밤 비바람에 내려앉은 낙엽들이 바닥을 뒤덮었다. 울긋불긋, 점점 노란색, 녹갈색으로 변하는 단풍과 낙엽이 뒤섞여 숲 곳곳이 무지개 카펫이라도 깔아 놓은 듯했다. 물기를 머금은 숲의 빛깔은 지금이 제일 예쁜 색. 상쾌한 공기를 마시며 궁산 정상으로 올랐는데 이게 무슨 일이야. "어머, 진짜 무지개가 떴다."

수북하게 쌓인 리기다소나무 잎을 우산 끝으로 살살 걷어내어 길을 만들어 본다. 서로에게 이정표가 되어준 벗들에게 감사하며 함께 만든 길을 걷는다.

결

생태예술로, 숲보

나무는 대부분 몸통을 감싸고 있는 껍질을 가지고 있다. 수피(樹皮)라고도 불리는 나무껍질은 사람 피부처럼 강한 햇빛과 거센 비, 겨울 추위로부터 나무 안에 물과 양분이 지나가는 관을 보호하고 또 세균이 침입하는 것을 막아준다. 나무는 해가 지날수록 위로 옆으로 자라는데 이때 겉껍질은 주름이 지고 갈라지고 벗겨지기도 한다. 그 모습이 나무마다 달라 고유한 특성으로 보인다. 나무의 결을 보면서 나무마다 다 다른 존재임을 안다.

나무 곁에서 한참을 있었다. 가지런히 층층으로 뻗은 가지에 붙어 있는 나뭇잎 사이로 거뭇한 나무껍질이 눈에 들어왔다. 손바닥으로 결을 느낀다. 조금 메말랐고 살짝 거칠다. 누가 세심하게 조각한 듯 얕게 세로로 갈라진 무늬가 만져진다. 나무에 스며들 듯, 나무를 쓰다듬는다. 다시 고개를 들어 나무가 얼마만큼 높이 뻗었나 올려다봤다. 저만의 결을 지닌 층층나무 한 그루가 나를 지그시 바라보고 있다. 난 어떤 결을 가지고 있는 사람이던가.

숲 활동을 하면서 결이 비슷하다고 여겨지는 사람들을 만났다. 지역에서 함께 활동하는 '숲보' 선생님들. 숲해설가로 각자의 자리에서 생태교육 프로그램을 꾸리고 지역의 자연과 사람을 잇는 활동을 해나가고 있다. 우리가 서로의 손을 잡고 발걸음을 맞춘 지도 벌써 5년.

"숲보가 뭔데요?"

같은 교육기관에서 일하는 것도 아니어서 사람들의 질문에 한마디로 설명하기가 어렵다. 협동조합도 동호회도 아니다. 서로 연결되어 자연스레 만났다. 같이 숲을 걷고 이야기를 나누며 다른 시선으로 자연을 바라보길 즐기는 사람들이라고 하면 되려나. 숲을 자신만큼 좋아한다. 무엇보다 각자 하는 일, 살아온 방식들이 달라도 서로에게 좋은 영향을 주고 좋은 영감이 되려고 노력하는 사람들이다. 나는 숲만큼 숲보를 참 좋아한다.

취향이나 생각이 닮아서 그런지 함께하는 일이 많다. 숲 수업도 같이 기획하고 답사도 함께 다닌다. 자연물로 감각을 깨우는 놀이부터 표현하는 것까지 여러 활동을 고민한다. 생태교육에 문화·예술적인 요소를 넣어 사람들이 가진 감수성을 끌어내고 싶어 한다. 그런 점에서 마음이 맞닿아 서로를 바라보게 된 것 같다.

같이 답사하면 우리들의 감각이 비슷한 점에서 열려 있다 느낀다. 우리는 숲에서 하는 게 많다. 새롭게 눈에 띈 나무를 보면 나뭇잎을 살펴보고, 나뭇잎 뒤에 숨은 곤충들을 잘도 찾아낸다. 걷다가 나무가 서 있는 모양대로 내 몸을 만들기도 하고, 통나무 위로 흔들흔들 걸으며 몸의 균형을 잡아보기도 한다. 그냥 나무에 기대어 잠시 바람을 맞을 때도 있다. 떨어진 꽃이나 열매를 보면 무심히 지나치지 않고 꼭 무언가를 만든다. 비바람에 떨어진 버찌 열매 자루를 이어 땅바닥에 나무 하나 만들고, 영글기 전에 떨어진 은행나무 어린 열매를 이어 재미있는 모양을 만들어 보기도 한다. 이미 자연이 만들어 놓은 작품 안에서 우리는 아름다움을 발견하고 기뻐한다.

한번은 관악산 자락 숲에 버섯과 이끼가 많이 피어오른 곳에서 숲 수업을 한 적이 있다. 그 숲 이야기를 여는 첫 공간에 만다라를 만들었다. 만다라 가운데는 땅으로 돌아가고 있는 버섯 하나, 그 옆에는 이끼 낀 나무 조각이 자리를 잡았다. 주변으로 원을 그리며 그 장소에서 얻은 나뭇가지와 나뭇잎, 열매를 단순한 패턴으로 놓아 보았다. 한데로 모아 이룬 자연물 만다라는 바라보는 이들에게 편안함과 안정감을 주었다. 많이 보고, 많이 느끼고, 표현할수록 수업에 참여하는 사람들에게 잘 전달되는 것 같다.

생태교육과 예술을 조합하는 것을 처음엔 쉽게 생각했다. 내가 좋아하는 숲과 내가 잘 표현할 수 있는 것을 연결하면 될 것이라고. 하지만 그것도 연습이 필요했고, 더 많은 고민이 필요하다는 걸 알았다. 모든 일에는 이유가 있다. 교육프로그램을 기획할 때 내가 생태예술교육을 하려는 이유에 대해 다시금 생각한다.

숲속에 사는 생명은 저마다 자신이 좋아하는 길이 있다. 누구는 땅을 기어가고, 누구는 재빨리 나무 위를 이동하고, 누구는 시원한 날갯짓으로 하늘을 날아간다. 누구는 그 자리에서 멈춰있는 것 같지만 천천히 땅 아래로 뿌리를 내린다. 저마다 좋아하는 길을 제 방식과 속도대로 부지런히 간다. 각자의 길을 가고 있지만 함께 걷고 있는 숲보. 꽃마리, 기린, 느티, 단풍, 애벌레, 호수 그리고 달팽이 그리고 함께했던 누군가 또 언젠가 함께할 누군가.

어쩌면 숲보는 같은 지점이나 목표를 향해 걸어가는 건 아닐지도 모르겠다. 하지만 곁에서 힘을 내어주고, 제 결을 찾을 수 있도록 보듬어 주는 사람들. 숲보는 숲벗.

[나누고 싶은 이야기]

숲에서 나와 닮았다고 여겨지는 것이 있나요?

손

나무 깎는 시간

작고 단순한 나무 인형을 만들고 있다. 동네 숲에서 주워 온 굵은 나뭇가지를 알맞은 길이로 톱질하고 매만진다. 울퉁불퉁하고 거친 부분도 이리저리 살폈다. 마음에 드는 곳을 찾았다. 조금씩 엄지 손끝에 힘을 주어 쓱쓱 밀면서 깎는다. 나무껍질 안에 부드러운 속이 드러난다.

서걱시긱. 나무 깎는 소리는 언제 들어도 좋다. 사방에 은은한 나무 톱밥 향이 퍼져 마음도 편안하다. 하나를 깎기 시작하니 기분이 좋아져 계속 손을 움직인다. 나무의 색, 향, 결, 모양대로 내가 하고 싶은 대로 느껴지는 대로 만지는 느긋한 손놀림이 즐겁다.

"으, 이거 왜 잘 안 깎이지." 숲에서 데리고 올 때는 괜찮을 것 같았는데, 막상 깎아보니 속이 단단한 이 나무는 칼날이 밀리는 데 힘이 더 들어간다. 오히려 벚나무나 소나무는 성질이 무르니 쉽게 깎인다. 나무를 깎다 보니 어떤 나무가 잘 깎이는지 알겠다. 나뭇결을 느끼면서 나무의 상태를 살폈다. 옹이(나뭇가지가 붙은 곳에 생긴 흔적)나 특이한 모양이 있는 흔적은 깎지 않고 그대로 놔뒀다. 밋밋한 연필을 깎는 것과는 또 다르다.

나무껍질은 단단하게 붙어 있거나 부스러져 떨어지기도 한다. 얇은 한 면을 깎다가 거무스레 구멍이 나 있는 것을 발견했다. 작은 벌레의 지난 삶이 보인다. 자른 단면에 있는 무늬를 보고 나무가 살았던 시간을 짐작한다. 두 손가락 굵기만 한 나뭇가지에도 나이테가 있구나. 나뭇가지가 생기고 자랐던 세월만큼. 하나, 둘, 셋, 넷, 다섯, 여섯. 살던 날들의 이야기를 제 몸에 기록하는 나무의 일기 같은 줄무늬다.

사각사각. 학생 시절 시험을 앞두고 공부가 잘 안 되면 필통 속에 연필을 죄다 꺼내 깎아버렸다. 수학 문제를 풀어야 할 금쪽같은 한 시간이 훌쩍 지나갔지만, 그렇게 시간을 보내고 나면 마음이 꽤 단정해졌다. 머릿속이 복잡하고 시끌시끌할 때 가끔 나무를 깎는다. 마음을 가다듬고 생각을 정리할 수 있도록 도와준다. 당장 숲으로 가서 걸을 수 없을 때 대신 할 수 있는 최고의 명상이다. 아무 생각 없이(물론 안전을 위해 아예 무념무상으로 칼을 쓰면 안 되지만) 깎다 보면 손은 힘든데 마음이 차분해진다. 깎기 명상이라고 해야 하나. 그 나뭇가지 하나가 나를 다독여 주는 것 같다. 나무를 쥐고 보내는 시간 속에서 나를 살펴보게 된다. 지금 난 무엇을 할 수 있나. 난 어떤 것이 부족했나. 어떤 마음을 버려야 하나.

나무 깎는 시간을 함께 누리고 싶어 〈나무 요정 바움

만들기〉 프로그램도 만들었다. 동네 숲으로 가 나무를 만나고, 떨어진 나뭇가지를 주워 와 자르고 다듬고 깎고 그리는 것까지 모두 내 손으로 직접 만들어 본다.

역시 나무 깎는 시간은 누구에게나 즐거운 순간인가 보다. 어른이든 어린이든 평소 하지 않는 딴짓에 마음을 내어준다. 줄기의 두께, 표면 느낌이 다 다른 나뭇가지 중에서 내 마음에 드는 나무를 고르는 것부터 시작한다. 바움 만들기 프로그램을 이끌어 주는 애벌레 선생님은 나무를 고를 때 매우 섬세하다. 나무가 가진 모양과 결을 잘 연결한다. 모두 나무를 깎을 때 주의해야 할 것들을 새겨듣고 조금씩 깎는다. 정말 열심히 깎으신다. 칼을 잡는 것도, 깎는 것도 낯설고 힘들 텐데 말없이 깎는다. 깎다 보면 성취감이 한껏 올라온다.

참가자마다 나무를 만지고 깎는 모양이 다르다. 나무 요정은 뭉툭한 머리, 세모난 머리, 길쭉한 머리, 머리카락이 풍성한 머리, 도토리 모자를 쓴 머리를 가졌다. 눈코입을 가진 얼굴도 각양각색이다. 정성을 들여 만든 나무 요정에게 어울리는 이름을 지어주고, 원하는 능력 하나를 불어넣어 주기로 했다.

'주홍이- 속상한 마음을 밝게 해주는 능력'

'팡이- 밝은 에너지를 주는 숲의 요정'

'결단이- 결정과 선택에 단호함을 보여줘'

'토리토리- 행복을 전하는 토리토리 응원해'

'보기만 해도 마음이 따뜻해지는 김바움'

'우리 가족의 행복과 미소를 지켜주세요.'

'밤의 요정, 꿈속 친구'

'베푸는 다람쥐'

손끝으로 만든 나무 인형에 마음을 얹었다. 내 마음을 헤아려 주는 나무 인형을 계속 만지작거린다. 나무를 만지는 내 손도 그 나무도 귀하다는 걸 느낀다.

[나누고 싶은 이야기]

스스로 마음을 다독이는 시간이 있나요?

책

함께 읽는 즐거움

저녁 식사를 마치고 나면 잠깐 가벼운 산책을 하고 내일을 준비하며 잠자리에 드는 그 순간까지, 저녁과 밤 사이는 정말 순식간에 지나간다. 내가 좋아하는 밤은 가족이 모두 잠든 시간부터 다시 시작됐다. 오롯이 혼자가 된 시간 책상에 앉아 고요히 책을 폈다.

밤에 책과 함께하는 시간이 좋았다. 책장을 넘기고, 마음에 드는 문장들에 밑줄을 긋고, 좋은 부분은 표시해 놓고 그러다 보면 두세 시간이 훌쩍 지나가 결국 새벽에야 잠이 들었다. 잠은 모자라도 마음은 풍요로웠다. 특히 수업하면서 현장에서 만날 수 없는, 경험하지 못했던 숲 이야기를 다양한 분야의 책으로 만날 수 있다는 게 행복했다. 문득 숲을 향한 마음과 책 이야기를 편안하게 함께 누릴 수 있는 공간이 우리 동네에도 생겼으면 좋겠단 생각이 들었다.

2020년 여름, 마음속에만 그리던 작은 책방을 열었다. 자연생태, 환경, 교육 관련된 책들을 주로 선별해 들여놓고 사람들과 함께 읽고 싶은 책, 내가 읽고 싶은 책도 들였다. 평소에 좋아하던 작가나 출판사의 책들도 나란히 꽂아보고, 분야를 나누어 한칸 한칸 책장을 채웠다. 책장에 책을 꽂는 일이 이렇게 신나는 일이었던가. 곱고 귀한 책들이 누군가의 품에 안겨 갈 생각하니 괜히 설레였다.

책방을 열고 얼마 지나지 않아 코로나19 상황이 더 심해졌다. 인원을 제한하고 거리두기와 방역을 위한 지침에 따를 수밖에 없었다. 코로나19는 이제 막 첫걸음을 내디딘 책방지기에게 오히려 좀 더 생각할 시간을 줬다. 조금씩 프로그램도 궁리해 보고, 지역에 사는 소설가와 시인을 모시고 작은 낭독 모임도 열고, 엄마들의 영어그림책 읽기 모임도 시작했다. 그렇게 6개월을 보내고 나서야 책방에서 하고 싶었던 〈책과 숲 사이〉라는 독서모임을 만들었다. 적은 인원이어도 서로의 생각을 나눌 수 있는 시간은 코로나19로 지친 마음을 다독이는 소중한 모임으로 남았다.

책방 4년 차. 그동안 만들고 없어진 모임도 있지만 꾸준히 4~5개의 독서모임을 진행하고 있다. 한 달에 한 번 아니면 두 번 만나 책 이야기를 나누고 사는 이야기를 나눈다. 몇몇 모임은 책방지기가 책을 선정한다. 그게 쉽지 않다. 함께 읽고 싶어 내민 책이 조금 낯설거나 평소 관심 가지지 않은 분야이면 어쩌나 싶어 고민하고 또 고민하게 된다. 그래도 다행인 것은 "혜진 씨가 고른 책이 평소 같았으면 고르지 않을 책인데, 이런 기회에 읽을 수 있으니 좋아요. 새로운 세계잖아."라고 이야기해 주시는 분도 있다. 함께 읽는 즐거움이 더 크다.

한번은 모임에서 읽고 너무 좋았던 책을 다른 독서모임에도 추천하고 같이 읽었다. 《연애소설 읽는 노인》은 아마존 밀림에 사는 인디오와 밀림 속에 생명, 권력을 가진 자의 횡포와 개발 정책으로 혼란과 아픔을 겪고 있는 사람들의 이야기이다. 1989년에 발표된 소설임에도 불구하고 지금과 크게 다르지 않아 보였다. 여전히 아마존 밀림은 개발로 인해 숲이 사라지고 원주민들의 생활 터전이 줄어들고 있으니. 작가 루이스 세풀베다는 이후 여러 작품 속에 자연과 삶을 파괴하는 세력들에 대해 저항하는 이야기를 담았다. 2020년 코로나19 감염을 이기지 못하고 세상을 떠났지만, 그가 남긴 이야기는 세상 사람들에게 울림을 주고 있다.

모임 사람들과 한쪽씩 소리 내어 읽어 내려갔다. 작가가 묘사하는 장면들이 눈 앞에 펼쳐지듯 생생하다. 노인과 함께 아마존 밀림을 걷고 있는 기분은 말할 것도 없고. 함께 읽지 못한 부분은 다음 만날 때까지 읽어오기로 했다. 그리고 다시 만난 날. 모두가 마지막 장면에서 눈물을 흘릴 만큼 마음에 스미는 감동과 전율을 받았다 했다. 짧지만 강렬했던 이야기에 여운이 많이 남는다고. 인간이 자연을 파괴하고 외면하고서는 함께 살아갈 수 없다는 이야기.

"노인은 짐승에게 다가갔다. 그는 두 발의 총탄이 짐승의 가슴을 열어 놓은 것을 보며 치를 떨었다. 생각보다 훨씬 큰 몸집을 지닌 짐승의 자태는 굶어서 야위긴 했지만 너무나 아름다워 도저히 인간의 상상으로는 만들어질 수 없는 존재처럼 보였다. 죽은 짐승의 털을 어루만지던 노인은 자신이 입은 상처의 고통을 잊은 채 명예롭지 못한 그 싸움에서 어느 쪽도 승리자가 될 수 없다고 생각하면서 부끄러움의 눈물을 흘렸다."

《연애소설 읽는 노인》(루이스 세풀베다, 열린책들) 중에서

[나누고 싶은 이야기]

소리 없이 눈으로 읽기, 밑줄 그으며 읽기, 여러 권을 놓고
조금씩 읽기, 소리 내 읽기. 당신만의 책 읽는 방법이 있다면
알려주세요.

곁

옆보다 더 가까운, 인연

"책방지기님, 오늘 출동합니다. 책방으로 몇 시에 오시나요?"

오전에 멀리서 숲 수업이 있거나 그보다 오후에 수업이 있는 날에는 책방 문을 제시간에 맞춰 열기 어렵다. 비울 때도 많다. 그런 빈틈이 많은 책방을 살펴주시는 분들이 계신다. 바로 곁애지기님들.

곁애지기란 이름을 짓고선 혼자서 '정말 잘 지었다.' 생각했다. 책방지기만큼 '나무곁에 서서'를 애정하고 지키는 분들을 부르는 이름인데, 이것보다 더 적절한 명사가 있을까. 처음에는 곁애지기들이 시간이 되는 요일에 문을 일찍 열고 2~3시간 책방 살림을 도와주었다. 주문한 책이나 택배 온 것도 받아 놓고, 도서관 책바로서비스 책을 받으러 오는 손님도 응대하고, 반납하는 책 받고. 보통 문이 닫혀 있을 시간에 열려 있으니 지나가던 동네 사람들도 궁금했던 공간에 들어와 책 구경도 하고 이야기도 나누다 갔다. 그것만으로도 영업시간을 제대로 못 맞추는 책방지기에게는 큰 힘이 됐다. 곁애지기들도 책이 있는 공간 자체를 좋아하기에, 잔잔한 음악이 흘러나오는 책방에서 혼자만의 독서를 즐겼다.

그러던 어느 날.

"이렇게 책이 안 팔려서 어떻게 해요?"

"흑. 그러게요."

아무리 생각해도 평상시 손님도 많이 없고, 책도 잘 안 팔리는데 책방 운영이 힘들지 않을까 걱정되었던 모양이다. 다른 모임이나 이벤트를 더 열어야 한다고, 학교나 도서관에 납품을 많이 해야 한다고, 책이랑 다른 물품도 같이 팔면 어떠냐고 조심스레 말을 건넨다. 외부 숲 수업과 책방 운영을 같이하다 보니, 혼자서 더 빡빡한 일정은 무리라고 생각했다. 그렇다고 운영시간을 늘릴 수도 없는 노릇. 쉽진 않지만 조금씩 천천히 해보겠다고 했다. 너무나 고마운 마음이다.

한 곁애지기님은 우리 동네에 이런 책방이 있다는 것만으로 힘을 얻는다고, 오래도록 곁을 지켜주었으면 좋겠다고 한다. 그래서 "덕분에 저도 그래요."라고 말했다. 곁이란 글자를 사전에서 찾아본 적이 있다. 어떤 대상의 옆. 또는 공간적, 심리적으로 가까운 데. 같은 의미일 텐데 '옆'보다 '곁'이 더 가깝게 느껴지는 것은 이미 대상이 마음속으로 들어와 있기 때문 아닐까.

이제는 종종 곁애지기들이 책방 공간을 주변 사람들과 함께 나눈다. 커피 모임, 그리기 모임, 뜨개 모임, 책읽기 모임 등을 직접 꾸려 공간을 빌린다. 난 온전히 모임원들만 누릴 수 있는 시간과 공간을 내어드리면 된다. 더 많은 사람이 동네책방에서 책과 삶의 이야기가 있는 문화를 누리고 가질 수 있기를 바랄 뿐이다.

책방 문을 열고 만 2년이 되는 어느 여름날, 2주년 기념 음악회를 준비하고 있었다. 〈동네책방으로 음악여행〉이란 독서 모임을 하고 있는데, 한 달에 한 번 만나 읽어온 책 이야기도 나누고, 작은 연주회도 연다. 서로의 연주를 모임원들이 함께 감상하고 나누는 시간이 정겹다. 이들과 음악회에서 연주할 곡과 노래를 정하고 연습했다. 책방 바로 옆 가게 사장님도 아들과 함께 노래를 불러주기로 했다. '이거, 너무 신나는 일이잖아.' 바이올린, 키보드, 클라리넷, 기타, 리코더, 아름다운 목소리까지 모두 한자리에 모일 수 있을 거라고 상상도 못 했다.

책방 한쪽 벽에 걸린 숲노래 작가님의 노래꽃(동시)을 눈여겨본 모임원 한 분이 노래꽃 일부에 곡을 붙여 노래를 만들어 주었다. 뜻밖의 선물에 감동스러워 눈물이 핑 돌았다. "사정이 있어 책 모임에 자주 올 수 없지만, 늘 마음만은 곁에 있어요." 노래꽃도 노래도 그들의 따스한 마음을 닮았다.

바위 곁에 서서 뭐해, 바위 수다 듣지

샘물 곁에 서서 뭐해, 샘물 노래 즐겨

훨 날아서 구름 곁에, 휙 날아서 별님 곁에

폭 앉아서 들꽃 얘기, 별꽃 잔치할래

책시렁 곁에 우뚝 선다

책이 된 숲이 속삭인다

책마루 복판에 우뚝 선다

나무 곁에 서서

ㅅㄴㄹ(2020)

[나누고 싶은 이야기]

지금 당신 곁에서 힘이 되어주는 누군가가 있나요?

숨

같이 걷는 것만으로도

2021년 10월 30일 오전 7시 30분, 동대구역으로 가는 KTX 열차에 몸을 실었다. 이른 새벽부터 준비하고 나왔더니 정신이 몽롱하다. 하지만 기분은 한껏 들떠있다. 일행 모두가 열차를 탔는지 확인하고 자리에 앉았다. 오늘은 큰아이 작은아이도 같이 간다.

어린이에서 어른까지 12명이 함께 한나절 걷기 여행을 떠나기로 했다. 모두 책방으로 맺어진 인연이다. 동네 카페 사장님 언니와 미리 다녀왔던 〈한티가는 길〉이 너무 좋아서 가까이 있는 사람들, 고마운 사람들 모두 데리고 나란히 걷고 싶었다. 서로가 한두 번 정도 마주쳤을 이들이 멀리 칠곡까지 동행하기로 한 것은 오로지 함께 걷고 싶은 마음 때문 아니었을까.

한티가는 길은 경북 칠곡군 왜관읍 가실성당에서 팔공산 한티순교성지까지 45.6km 길을 걷는 한국판 산티아고 성지 순례길이다. 비탈진 산길을 오르내리고, 마을을 지나고, 숲길을 걷고, 계곡을 따라 걷는다. 빼어난 자연풍경을 품은 곳은 아니나 마음으로 함께 걷다 보면 진짜 자연을 만나고 그 안에 있는 나를 돌아보게 된다.

동대구역에 도착하자 간단히 아침을 먹고 삼삼오오 택시를 타고 출발점인 가산산성 진남문으로 향했다. 그곳에 한티가는 길 안내자이자 카페 언니와 깊은 인연이 있는 봄산님이 우리를 기다리고 있었다. 여기까지 오게 된 것도 봄산님 열정 덕분이다. 길이 나고, 길이 이어지고, 길을 찾는 사람이 생겼다. 길 위에서 이어진 인연에 감사함을 느꼈다.

조용한 마을 어귀에서 하트 모양을 한 느티나무를 마주했다. 290여 년 동안 한 자리에서 마을을 지킨 당산나무다. 오랜 세월 속에 아픔과 상처가 있었을 텐데 나무는 단단히 뿌리 내리고 서 있었다. 가을빛으로 물들고 있는 노거수를 사진으로 담고, 마음으로 담는다. 예닐곱 명이 두 팔 벌려야 될 만큼 아름드리 큰 나무였다. 서로 약속이나 한 듯 손에 손을 잡고 둘러서서 품어 안았다. 커다란 나무 하나가 내어준 숨과 내가 내뱉은 숨을 교환하고 힘을 얻어 다시 발걸음을 옮겼다.

벼가 익어가는 노란 들판을 지나 마을 길을 한참 걷다가 계곡이 있는 숲길에 들어섰다. 물이 흐르는 소리, 새가 노래하는 소리가 귓가를 간질인다. 주황색으로 곱게 물든 생강나무 잎이 손을 흔드는 것만 같다. 누리장나무는 자줏빛 꽃받침에 검푸른 열매를 달고 제 빛깔을 뽐낸다. 이끼와 지의류가 가득한 돌무더기 앞에서 흘러간 시간을 거

슬러본다. 우리 중 누군가는 주섬주섬 가방에서 집게와 쓰레기봉투를 꺼내어 숲에 있는 쓰레기를 주웠고, 누군가는 단풍 든 나뭇잎에 마음을 뺏겨 잠시 멈춰 섰다. 좁은 오솔길을 한 줄로 천천히 걸었다. 앞 사람 걸음 속도에 내 발걸음을 맞추고, 가끔 뒤 돌아보며 서로를 살폈다.

"처음엔 걷지도 못했다. 누구나 처음은 다 그렇다. 밟지 말자. 꺾지 말자. 생명이 아닌 게 없다. 누구나 시작은 어린잎이었다. 같이 가자. 손잡고 가자. 희망이 아닌 게 없다. 누구나 처음엔 걷지도 못했다."

《자연스럽게》 (박병상, 우드앤북) 중에서

해가 뉘엿뉘엿 넘어가고 있다. 호수가 보이는 수변공원에 자리를 펴고 오늘 여정에 대한 소감을 모양 시(shape poem)로 표현해 보기로 했다. 나무뿌리, 나뭇잎, 커다란 나무, 길……. 종이 한 장에 그려진 추억이 서울 가서도 한번씩 꺼내볼 것 같다. 길 끝에서 함께 온 엄마와 딸이 서로를 안아준다. 부부는 나란히 바람을 느낀다. 불평 없이 끝까지 같이 걸어준 사춘기 아들 뒤에서 엄마는 옅은 미소를 짓는다. 오늘 처음 만난 두 선생님은 서로에게 새로운 힘이 되어줄 수 있을 것이란 기대와 믿음으로 어깨를 나란히 한다.

욕심내지 않고 시간에 구애받지 않고 한티가는 길 5개 구간 중 한 구간만 걸었다. 반복되는 일상에 지쳤던 우리들은 네다섯 시간 동안 길 위에서 위로받았고 제 삶을 돌아보는 소중한 시간을 선물 받았다. 같이 걸으며 숨 쉬었던 것만으로도 힘이 되었다.

그 후로 몇 번 더 한티가는 길을 찾았다. 다음 해 여름, 겨울, 그다음 해 봄과 여름 사이. 커다란 개잎갈나무에 올라가 보고, 나무를 덮고 있는 지의류와 초록 교신을 나누고, 안개 낀 가실성당에서 축복을 얻고, 멀리 산 능선이 보이는 곳에서 차가운 공기를 들이마시며 명상하고, 작은 저수지에 일렁이는 윤슬을 보며 찬란함을 맛보고.

그 길로 향할 때면 흔들리고 복잡한 마음을 내려놓게 된다. 그리고 같이 걷는 사람들을 소중하게 바라보게 된다. 힘을 얻고 돌아온다.

"달팽이샘, 한티가는 길 언제 가요?"

"이번 가을에 같이 걸어요, 우리."

[나누고 싶은 이야기]

고마운 사람들과 함께하고 싶은 것은 무엇인가요?

끈

나무그림책 읽어 드릴게요

가끔 책방과 숲이 무대가 되어 나무그림책 읽어주는 버스킹을 연다. 숲에 깃든 이야기와 흥미로운 그림이 담겨 있는 그림책을 들고 사람들 앞에 나선다. 조금 떨리긴 해도 읽어주면서 서로 교감하는 게 즐겁다. 이때는 고스란히 이야기를 전하는 사람이 된다. 목소리를 키우고 감정을 넣어 읽는다. 책장을 넘기고, 눈빛을 마주하고.

한번은 서울식물원 잔디 한복판에서 사람들과 나무그림책 이야기를 나누었다. 돗자리를 펼치고 모여 앉았다. 나들이 나온 가족도, 아이와 함께 온 엄마도, 친구 손 잡고 온 초등학생도 모두 책 이야기에 빠져든다. 햇살과 바람은 거들 뿐. 누구에게나 열려 있는 그림책버스킹은 처음 만난 사이여도 금방 친해질 수 있는 묘한 매력이 있다. 그림책이 주는 힘이 있다. 생생한 이야기와 그림은 어른이어도 아이여도 상관없이 모두가 누리고 느낄 수 있는 것.

2022년 4월 29일, 책방에 처음으로 열 명이 넘는 중학생들이 방문하기로 했다. 인근 중학교 독서동아리 친구들이다. 며칠 전 담당 선생님의 문의 전화가 왔다.

"학교 독서동아리 아이들과 동네에 있는 독립서점들을 방문해 보고 싶어서 기회를 마련하게 됐어요. 저 포함해서 15명 정도일 것 같은데 저희가 가면 어떤 활동을 할 수 있을까요? 먼저 가서 공간도 보고 인사도 나누고 싶네요."

전화기 너머로 들려오는 담당 선생님의 나긋한 목소리에 안 되어도 된다고 하고 싶은 심정. 마침 〈책과 숲 사이〉 푸름이(청소년)들과 숲에서 그림책 읽기 활동을 하고 있었기에 '동네책방에서 그림책 읽는 시간'으로 꾸리겠다고 했다. 사실 그렇게 많은 사람이 한꺼번에 책방을 방문한 적이 없어 조금 난감했다. 다 앉을 수 있을까. 의자가 부족하지 않을까. 어떻게 이야기해야 하나. 학생들이 오는 날짜가 다가오자, 책방을 정리하고 책을 정하고 의자를 좀 더 구해왔다. 저자와의 만남을 준비하는 것보다 더 떨리고 기대되었다.

작은 공간이 북적북적 사람들로 가득 찼다. 동네책방을 처음 온 아이들은 낯설지 않은 분위기에 편안함을 느끼는 눈치였다. 책방 소개를 간단히 하고, 준비한 책보를 풀었다. 책보자기 안에는 지금 세상을 살아가는 청소년 세대와 함께 읽고 싶은 그림책 10권을 놓았다. 표지를 보며 모둠별로 읽을 그림책을 골랐다. 서로 읽어주기로 했다. 이곳에서는 소리를 내어 읽어도 괜찮다. 한 문장 한 문장 읽어주는 친구의 목소리에 귀 기울인다. 그림책을 돌려가며 모두 읽고 난 후 나무 조각에 인상적인 장면을 그림으로 그리거나 와 닿았던 문장을 써 보았다. "네 모든 것을 사랑해.", "엄마는 나의 추억이고, 나의 그리움이야.", "실수는 시작이기도 해요." 누가 읽어주는 그림책 너무 오랜만이었다는 한 아이의 소감에 이런 시간을 더 자주 만들어야 겠다는 생각이 들었다.

다음 해에도 같은 학교 독서동아리 친구들이 찾아왔다. 이번에도 책보 속에 나무그림책 몇 권을 챙겼다. 그 중 《내가 만일 나무라면》이라는 책을 읽어주기로 했다.

"내가 만일 나무라면, 가지들은 바람 소리에 맞춰 춤췄을 거야."

"내가 만일 구름이라면, 숲에 있는 나무들에 비를 뿌렸을 거야."

만일이라고 가정하는 것은 바로 상상하는 것. 나무가 되고, 꽃이 되고, 새가 되고, 바람이 되고, 이슬이 되고 구름이 되어보는 것. 마음을 열고 마음속에서 떠올려 보는 것이다. 아이들이 틀에 박힌 생활에서 벗어나 잠시나마 자유로워지는 순간을 느끼길 바랐다.

그 인연으로 교내 축제에 초대되어 체험 부스까지 운영했다. 단 하루였지만 많은 푸름이를 만나 나무그림책을 건넬 수 있었던 소중한 시간이었다. 다만 함께 가까운 숲으로 가서 걷고 나무를 만나고 들숨 날숨 쉬며 이야기 나눌 수 없었던 게 아쉬울 뿐. 가족이나 친구 사이 관계에서 고민도 많고 학교생활과 입시 공부에 마음의 여유 부릴 겨를조차 없는 푸름이들에게 '나무그림책 읽는 시간'이 더 많이 허락되면 좋겠다. 책을 통해 나와 마주할 수 있고, 자연 안에서 위로받을 수 있도록.

[나누고 싶은 이야기]

누군가에게 그림책을 읽어준 적이 있나요?

꿈

숲에 깃든 삶

자연이 보여주는 아름다움, 자연을 마주하는 즐거움, 소중함을 잊지 않으려고 한다.

'새'라는 세상에 눈을 뜬 건 봄가을에 우리나라 서남해안 갯벌과 강 하구로 찾아오는 도요물떼새를 알고 난 후였다. 환경단체에 들어가 전국으로 환경 이슈가 있는 곳을 취재하러 다닐 때였으니, 아마도 20년 전 즈음이겠다. 활동가들을 따라다니며 곳곳에 아름다운 자연을 만났다. 특히 서천에서, 군산에서, 부안에서, 무안에서 도요물떼새들을 만났던 시간은 즐거움, 그 이상이었다. 만조가 되면 바닷물과 갯벌이 만나는 해안가 물겨드랑이 근처에 수많은 도요물떼새들이 날아들었다. 앞에서 조금씩 밀려오는 바닷물을 피해 한발로 '종종'거리며 들어오는 도요들의 모습은 너무나 사랑스러웠고, 들어오는 바닷물을 피하려 수백 마리 도요물떼새 무리가 함께 일제히 날아갔다가 돌아오면 그들이 펼친 날개깃이 햇살에 반짝여 눈이 부셨다. 태어나 한 번도 보지 못했던 신비롭고 황홀한 장면이었다. 때가 되면 새들이 찾아와 머물다 가는 우리나라 습지는 얼마나 소중한 곳인가. 이 경이로운 경험은 '새'라는 존재를 알고, 뭇 생명이 살아가는 곳을 사랑하도록 만들었다. 지키고 싶은 마음을 글로 써 더 많은 사람이 알기를 바랐다.

'숲'이라는 세상으로 발을 들인 것은 두 아이를 숲유치원에 보내면서부터였다. 마음껏 뛰어놀면서 곁에 있는 생명에게 고마움을 느끼고 스스로 단단하게 커가기를 바라는 마음으로 아이를 숲으로 보냈다. 그런데 숲으로 가는 아이를 보면서 나도 따라가고 싶었다. 함께 스며들고 싶었다. 무슨 마음에 이끌린 건지 결국 큰아이가 초등학교 들어갈 때, 숲해설가 양성과정 공부를 시작했고 하는 김에 유아숲지도사 자격증까지 땄다. 그 후로 지금까지 생태교육 강사로 활동하고 있다. 유치원, 어린이집 아이들을 만나고 초등학교 아이들과 주변 공원이나 숲으로 가는 일은 늘 행복했다. 내가 자연과 교감하고 아이들의 마음을 다독여 주는 '숲선생님'이라는 게 좋았다. 동네숲놀이터 〈나무의 꿈〉을 운영하면서 궁산도 자주 드나들었다. 엄마가 숲선생님인 두 아이는 유치원을 졸업하고도 동네 숲을 자주 다닐 수 있었다.

점점 자연에서 멀어지는 이 시대의 아이들을 위해 좀 더 다정한 숲 안내자가 되려고 노력하며 살았던 것 같다. 때로는 예상하지 못한 길과 마주해 힘들 때도 있었지만 지금껏 마음이 이끄는 대로 숲으로 향하고 있다.

내가 '나무'를 사랑하고 있다고 느낀 건 나무 앞에서 늘 멈춰 서서 쓰다듬고 안아보는 나를 발견했을 때다. 어디를 가든 시선의 끝은 나무. 나무를 만나면 언제 어느 때고 좋지 않을 때가 없었다. 나에게 존재만으로도 위로가 되는 나무를 바라보는 게 좋았다. 바람결에 흔들리는 나무에 내 숨결도 일렁였다. 얼마나 좋았으면 첫 아이를 가졌을 때 꿈속에서도 햇살에 비친 나무를 보았을까. 그 꿈을 꾸고 나서 바로 아이 배냇이름(태명)을 '나무'로 지었다.

"정말 좋을 것 같아요. 저도 이런 책방 하는 게 꿈이거든요."

책방에 오시는 분들에게 자주 듣는 말이다. 맞다. 너무 좋다. 동네책방을 통해 많은 사람을 만나고, 인연을 맺고, 책 이야기를 나누고, 좋아하는 나무 이야기도 나눌 수 있으니 말이다. 하지만 책방을 운영하는 게 내 진짜 꿈은 아니다. 다만 자연을 가까이하고 책을 통해 자연의 경이로움과 소중함을 전할 수 있다면, 내가 꿈꾸고 있는 것에 맞닿아 있음은 분명하다.

언젠가 온라인 북토크에서 한 저자가 읽어준 '지구 어머니의 말'이라는 제목의 글귀가 떠오른다. "내게 더 가까이 다가와서 나를 이해하고, 내게 더 가까이 다가와서 내 목소리를 들어봐라. 너의 눈으로, 너의 귀로, 너의 손으로, 자연을 느끼며 내가 누구인지 이해해 보라. 사람, 동물, 풀, 나무와 서로 협업해서 더 가깝게 더 느리게 더 작게 건강한 삶을 가꾸어 보라."

나는 지금 어떤 꿈을 꾸고 있나. 숲에 깃든 삶을 꿈꾼다. 내가 생각하는 숲은 그렇게 거대하거나 멀리 있지 않다. 동네숲이어서 더 좋다. 더 가까이 다가가 자연을 느끼며 덕분에 만들어진 나를 깨닫는 삶. 서두르지 않는 삶을 꿈꾼다.

[나누고 싶은 이야기]

당신의 삶에서 아끼고 좋아하는 것은 무엇인가요?

나오며

생명을 마주하는 일

올해 첫 숲 수업 답사를 위해 오랜만에 궁산을 올랐다. 겨우내 원고 작업한다고 한두 달을 못 갔던 터라 그동안 동네 숲이 잘 있었는지 궁금했다. 지금쯤 귀룽나무 새순이 나왔을까. 어떤 생명들이 봄이 왔다고 소식을 알려주려나. 기대에 찬 마음으로 여기저기 살펴보며 가볍게 걸었다. 그런데 익숙한 공간이 휑하게 느껴진다. 덜컥 겁이 났다. 아니나 다를까 발밑에 그루터기와 톱밥들이 보인다. 얼마 전에 일어난 일이었나 보다. 바짝 베인 나무가 한두 그루가 아니다. 이게 또 무슨 일이란 말인가.

언덕 위로 하늘 높이 서 있던 은사시나무가 사라졌다. 전기톱질에 남겨진 조각조각들이 사방에 흩어져 있었다. "도대체 왜 그곳에 나무를 베어버린 거죠?"라고 물으니, 공원녹지과 담당자는 그곳에 유아숲체험원 일부로 정원을 만들 계획이어서 부지조성을 위해 평소 민원이 많았던 나무를 제거했다고 했다. 이유도 방법도 너무 어처구니가 없어 한동안 멍해졌다. 아이들이 자연을 만끽하며 자유로운 숲 활동을 하기 위해 조성하는 공간인데, 원래 그곳에 살고 있는 나무를 베어서 만들어야 한단 말인가. 또 불편을 주어 민원이 많다는 은사시나무 '꽃가루'는 엄밀히 말하면 씨앗이 하얀 솜털을 입고 흩날리는 것인데, 정말 아주 잠깐 그 시기의 불편함 때문에 수십 년을 그 자리에서 살아온 나무를 죽게 만드는 것은 지나치다 못해 잔인하게 느껴졌다. 이미 베어진 나무 앞에서 내가 할 수 있는 것이 아무것도 없었다. 함께 간 선생님과 부둥켜안고 하염없이 눈물을 흘렸다. 며칠 동안 몸도 마음도 많이 앓았다.

그곳은 은사시나무와 상수리나무, 때죽나무, 아까시나무, 단풍나무, 벚나무, 복자기가 서로를 맞대며 살고 있는, 푸르른 숲을 꿈꾸며 말없이 자라고 있는 나무들의 삶터였다. 청딱따구리가 자주 보였고, 직박구리나 곤줄박이도 숲을 오가며 나뭇가지에 잠시 앉아 쉬는 곳이었다. 작은 공간이지만 아이들이 머물며 나무집도 만들고, 예쁜 빛깔을 띤 나뭇잎, 열매, 들꽃을 만나던 곳이었다. 어느 가을엔 숲에 온 사람들과 함께 노랗게 단풍이 든 은사시나무 잎을 주워 '내 마음을 다독이는 말'을 적으면서 가을 정취에 흠뻑 빠지기도 했다. 파란 가을 하늘과 노란 은사시나무 잎, 은빛 나무줄기는 마음을 따스하게 만드는 행복한 풍경이었다. 어른에게 아이들에게 아름다운 추억을 선물해 준 그곳은 그저 다양한 뭇 생명들이 함께 살아가고 있는 숲 한 귀퉁이다.

도시 숲에 살아가고 있는 나무를 쉼과 편의를 위해 심

었다가 다른 시설물을 위해 제거하고. 나무를 바라보는 마음이 너무 다르다. 나무도 우리와 같이 생명을 지닌 소중한 존재일 텐데 말이다. 그들이 이루고 있는 숲은 미처 몰랐던 아름다움과 경이로움이 가득한 공간이다. 생명을 마주하는 일. 너무 행복하고 즐거운 일이지만 문득 이런 일이 생기면 그들을 지킬 수 없음에 마음이 저린다.

아무것도 할 수 없다고 주저앉지 않기로 했다. 숲을 향한 마음을 모아 할 수 있는 일을 찾아본다. 숲에서 만나는 아이들과 어른, 책방에 오는 분들에게도 우리 동네 숲과 나무 이야기를 더 열심히 건네보려고 한다. 나무지도를 만든 것도 그 이유였다. 책을 마무리하면서 그 마음을 다져본다. 잘린 나무를 다시 돌이킬 수 없어도 계속 마주하고 기록하고 살필 것이다. 오늘도 지키고픈 생명들이 가득한 '내가 좋아하는 숲'으로 간다.

내가 좋아하는 것들, 숲

초판 1쇄 발행 ｜ 2024년 4월 30일

글	조혜진
펴낸이	이정하
일러스트	정영서
디자인	원스프

펴낸곳	스토리닷
주소	서울시 서초구 서초대로22길 30 203호
전화	010-8936-6618
팩스	0505-116-6618
ISBN	979-11-88613-39-7 (03810)

홈페이지	blog.naver.com/storydot
인스타그램	@storydot
전자우편	storydot@naver.com
출판등록	2013. 09. 12 제2013-000162

스토리닷은 독자 여러분과 함께합니다.
책에 대한 의견이나 출간에 관심 있으신 분은 언제라도 연락주세요. 반갑게 맞이하겠습니다.